クトゥルー・ミュトス・ファイルズ
The Cthulhu Mythos Files

戦艦大和 海魔砲撃

田中文雄×菊地秀行
Tanaka Fumio
Kikuchi Hideyuki

創土社

JN302533

戦艦大和　海魔砲撃

目次

プロローグ

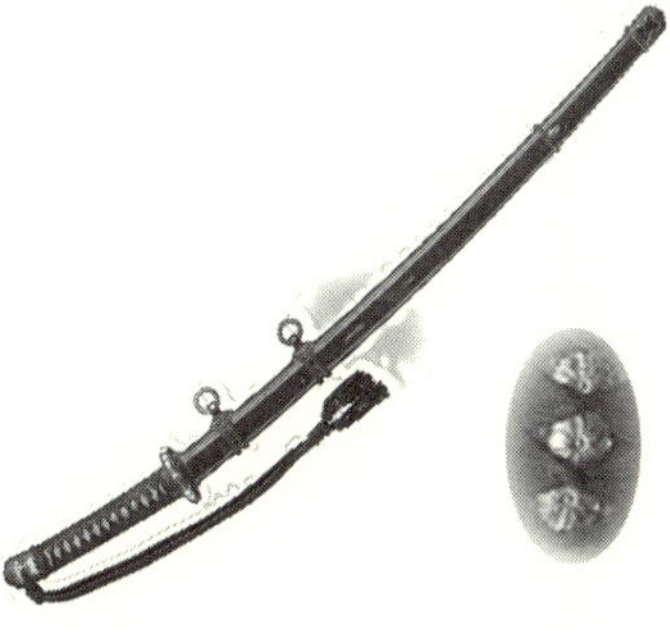

プロローグ1

　一九二六年の初秋、プロヴィデンスのバーンズ街一〇番地の住居へナイアルラトホテップが訪れて来たとき、H・P・ラヴクラフトは「クトゥルーの呼び声」の基本アイディアが決まらず悩んでいた。

　当然、来客の扱いもぞんざいになる。

　背後に立った人影への第一声は、

「何だよ?」

　であった。ナイアルラトホテップが傷つくのはわかっていた。超古代の活動期を経て地上から消失した〈旧支配者〉たちのうち、唯一の残存者ともいうべきこの神の繊細《せんさい》さはラヴクラフトにとって自明の理であった。

「いや、陣中見舞い」

　少しおどおどしながら、訪問者は手にした包《つつ》みをラヴクラフトが向かう文机《ふづくえ》に置いた。それをちらりと見た面長の顔が、ようやくほころんだ。

「おお、駅前の〈ジャクソン・ファクトリー〉のチキン・サンドか。気が利くな」

「いやいや」

　それきり突っ立ったままの訪問者へ、ラヴクラフトは、また、

「何だよ?」

　と訊いた。

「——何でも。あの——コーヒーでもいれよう

か？」

「ここにあることはある」

ラヴクラフトは、かたわらの真鍮《しんちゅう》のポットへ眼をやって、

「少し冷めたが、飲むならカップを持って来い」

「あ、はい」

訪問者は豪華な虹色のローブを翻《ひるがえ》して、奥のキッチンへと向かった。

これも真鍮のカップを手に戻って来ても、ラヴクラフトは、彼の方を見もせず、

「勝手に飲め」

と言ったきり、テーブルの原稿を睨みつけた。

「じゃあ、一杯」

ナイアルラトホテップの身体は漆黒《しっこく》で、オリーブ油を塗り込めたせいで、十分とはいえない部屋の照明の下でも、艶《つや》やかなかがやきを放っている。

薄いコーヒーをカップに注ぐ手首には、宝石を散りばめたブレスレットが、こちらは肌など遥かに凌《しの》ぐ光輝で、ラヴクラフトの眼を染めた。

「やめろ」

「あ、失礼」

手首を押さえ、ナイアルラトホテップは、ちびちびとコーヒーをすすった。湯気は立つが、景気が悪い。

やっと、ラヴクラフトは彼の方へ眼を向けて、

「情けない」

「え？」

「『未知なるカダスを夢に求めて』に出て来たとおりだ。男らしい太い眉、黒水晶のかがやきを留

めた瞳、刃のように薄く鋭い鼻梁《びりょう》、歯は東洋の国の米とかいう食い物みたいにきらめいている。やや厚めの唇は、何人の王妃のキスを受けて来た？ 見た者が恍惚《こうこつ》死する一歩手前でバランスを取っている美貌《びぼう》の偉丈夫《いじょうぶ》よ。あまり、しけた面をするな」

「実はそのことなんだ」

と偉丈夫とやらは切り出した。

「ロード・ダンセイニに花束を」

ラヴクラフトはこう言って、お気に入りのサンドイッチをつまみ始めた。

「聞いてくれ」

「聞いてるさ。いつだってな」

「僕は悩んでいるんだ」

漆黒の顔の中で、黒い瞳が本物の苦悩を滲《にじ》ませた。

「ここへ来る前に、急に自分の役柄が知りたくなって調べてみたら、実に安定感に乏しい」

「面白い表現をするなぁ」

ラヴクラフトは感心した。自分にはとても出来ないと心底思ったのだ。いっそ自分の代作者にでも使おうかと思ったが、そうならないのはわかっている。

「名称にしても、〈無貌の神《ザ・フェイスレス・ゴッド》〉とか〈這いよる混沌《クロウリング・カオス》〉とか、気楽に呼ばれてるし、ロバート・ブロックの『アーカム計画』では〈星の知慧《ちえ》派〉の神父だし、あんたの『魔女の家の夢』じゃ真っ黒だが黒人じゃない〈暗黒の男〉、『闇をさまようもの』じゃフェデラル・ヒルの廃教会の中で、〈輝くトラペゾヘドロン〉から出て来た黒い翼と三つの燃える眼としか描かれていない。僕は一体、誰なんだ」

知らねえよ、そんなこと、とラヴクラフトは思った。どれもまだ書かれていない作品のことで、ガタガタ言うんじゃねえ。おまえは半分うっとりと悲劇の自分捜しをしてりゃいいが、このおれの人生を知っているのか。生前は一冊――それも私家版みたいな『インスマウスの影』を出しただけで、一九三七年に癌で死んでしまうんだ。後世、世界的な人気を博するが、そんなもの何だってんだ。誰も知らないが、おれは生きている間に有名になりたくて通俗な小説を書いたんだ。ところが、いざペンを執《と》ると、ああなっちまうんだよなあ。お蔭で死後の名声は保証されたが、世界中で訳された本の印税は誰が使うんだよ。

「自分のことは自分で決めるんだね」

ラヴクラフトは冷たく言い放って、椅子の背にもたれた。

「確か『クトゥルーの呼び声』で悩んでるんだったよね？」

ナイアルラトホテップは話題を変えた。

「そうだよ。クトゥルーをどんな存在にするか、まだ決まらないんだ」

「へえ」

「知ってると思うが、もう二週間もタイトルを書いただけでペンは進んでない」

「でも、もう少しだろ。ヤリイカみたいな頭部、緑色の巨体、口もとから長く垂れた触手状のもの、退化した翼――こう決まるのは九月一四日の午前二時三二分だ」

あと四日も悩まなきゃならねえんだよ。ラヴクラフトはテーブルに噛み付きたい気分だった。唯一の救いは、クトゥルーの姿形が決まった瞬間の達成感と昂揚《こうよう》だ。しかし、それまで丸四日、餓死寸前みたいになって悩まなければならない。癌の遠因はこれじゃないのか。

「いま、どんな風なんだい？」

「ああ。ちっともまとまらない。一案は、全身毛むくじゃらでやや前屈み、両手を前に垂らし、そのくせエラや鱗があるんだ」

「良かった。まるで安定感がない」

ファラオのごとき偉丈夫は、両手を打ち合わせた。

「さあ、帰ろ」

「ちょっと待て。コーヒーを無料《ただ》飲みするつもりか。少しはアイディアを出して行け」

「どういう設定なんだ？」

「ふむ。クトゥルーは宇宙からやって来た生命体にしようかと思ってる。一八年前、シベリアのツングース地方に隕石らしきものが落ちたのは知ってるだろ。あれは宇宙人の乗り物だったんだ。彼らはシベリアを出て、ベーリング海へ入り、そこから太平洋の底に潜《ひそ》む」

「なんで水の底に？」

「陸上だと、人間に見つかったらすぐ殺されてしまうじゃないか」

「素晴らしい！」

本気で思ってるのか、このおべっか野郎とラヴクラフトは腹を立てた。いい加減もいいところの設定じゃねえか。

「でも、それじゃSFだよ。あなたはホラーで世に出て、ホラー者として死ぬんだ。ま、後の世じゃ、彼がSFを書いていたら、SFも別の形を取ったに違いないなんて、いい加減にもてはやされるけどね」

当然だ。誰も知らないが、おれはSF作家になりたかったんだ。ホラーなんかお呼びじゃねえ。これからは科学《サイエンス》の時代だ。王位に就く小説は、S　F《サイエンス・フィクション》だ。

「僕は設定から見直すべきだと思うな。正直、あなたはSFに向いていない。何ならホラーとSFの折衷《せっちゅう》小説に仕立てたらどうだ？　これから仕上げる『インスマウスの影』はホラーだが、いちばん有名になる『ダンウィッチの怪』はSFとホラーの理想的結合だし、最高傑作といわれる『狂気の山脈にて』と『時間からの影』もそうだ」

「後の二つはSFだ」

「そうかあ？」

「何だ、その言い方は？」

ラヴクラフトは立ち上がり、腕まくりをした。

「おっとっと」

ナイアルラトホテップは後じさりながら、

「もっと大事なことを忘れてるよ」

と言った。

「何だ、そりゃ？」

「タイトルだよ。クトゥルーって人間の発声器官では発音できないんじゃないのか？」

「あ」

「なのに、あなたはさっきからクトゥルー、クトゥルーと言ってる。ま、設定なんて作者のゴタクや酔っ払いのたわごとと同じだから何でもいいが、後の読者もクトゥルーだのクトゥルフだのク・リトル・リトルだの、実に大変だぞ」

「早く帰れ」

「おや、冷たい」

「決まってることで悩んでも始まらない。もっと有意義な時間の使い方をしたらどうだ？」

「使えないように決まってるんだ」

「まあ、そうだな」

「ご馳走さま」

ローブを翻して偉丈夫が去ると、

「あいつ――何しに来たんだ？」

とラヴクラフトは眉を寄せた。

クトゥルーか、クトゥルフか、ク・リトル・リトルか、クルウルウか――それも読者の話題となって、これから書く物語は世界に広がっていく。その名を冠した記念碑的第一作が、いま机上に置かれている原稿なのだ。そして、〈旧支配者〉を扱った一連の作品は〈クトゥルー神話〉と呼ばれ、その名称の言い出しっぺは誰なのか、研究者とやらが永久に彼の未発表原稿や手紙を探し出そうとする。

阿呆らしい、と思った。それはすぐにわかる。あと三秒で――ほら。

隣室のドアがノックされた。どうぞと応じると、叔母のギャムウェル夫人が入って来た。彼の同居人である。

「ねえ、ハワード。この前から考えてるのだけど、例の海の底の怪物の話――あれ〈クトゥルー神話〉ってタイトルにしたらどう？　おまえの好きなダンセイニ何たらの〈ペガーナ神話〉にも似てるしさ」

「いいですね」

ラヴクラフトは手を叩いた。

「そうしましょう。〈クトゥルー神話〉――実にいいタイトルだ。永久に残りますよ。

ほっほっほと笑いながら、叔母が去ると、ラヴクラフトは腹を抱えて笑った。ダーレスだ、ロングだ、スミスだと後世の連中がかまびすしい大問題に、やっと決着がついたのだ。そして、永久に世に知られることはない。

じきに書き上がるこの原稿も、世人の眼にふれるのは、『ウィアード・テールズ』一九二八年二月号だ。しかも、表題作は「幽霊テーブル」とかいう愚にもつかない駄作とくる。ラヴクラフトの傑作が生前に『ウィアード・テールズ』の表紙を飾ることは一度もない。

「あいつめ、最初のクトゥルーのモデルが、三三年生まれのあの大ゴリラだったことに気がつかなかったよな」

メリアン・C・クーパー、アーネスト・B・シュードザック監督の『キングコング』は、六年後に大ヒットを飛ばす一大特撮映画だ。ラヴクラフトはニューヨークまで観に行くが、この事実が世界に知られることはない。

彼は椅子に戻って、また背をもたれかけた。

やはり水棲の怪物に毛むくじゃらはまずいかも知れない。せめて鰭でもくっつけるか。どちらにしても、後四日までに結論は出る。それを知りながらも、自分は悩み、ナイアルラトホテップみたいな邪魔者をもてなさなくてはならない。

後は頼むぞ、ダーレス君、とラヴクラフトは胸の中で言った。

ラヴクラフト作品出版のために出版社を興《おこ》し、多少強引なやり方とはいえ、その名とクトゥルーを世界に喧伝《けんでん》するのは、ウィスコンシンのこの男の活動にかかっているのだ。そしてすべては上手く行く。

——やれやれ。

内心の声をラヴクラフトは押しつぶした。ニューイングランドの田舎町で一生を終わるとき、自分は満足の笑みを浮かべているかどうか、考えたのである。

史実は平凡な死に顔だ。幸いというべきだろう。何となく怨《うら》みがましい表情で、その時を迎えるような気が、ラヴクラフトはどうしても抜けないのだった。

プロローグ2

わたしの名は奥村明雄。『日東新聞社会部・特別取材班』――という名刺を持っているが、社員ではない。出入りの業者といったところか。三六歳、独身。取材して原稿用紙一枚いくらで生計をたてている。ほかにも週刊誌や月刊誌で細々と記事を書いてきた。それも、わたしは戦記ものが好きで、太平洋戦争の記事が多い。

ところが昨年の終戦記念日に勧める友があってテレビの深夜番組に出演したことから、戦記ルポルタージュのライターとしてともかくも認知され、地方の商工会議所などから講演の依頼まで入るようになった。

ある日、広島市のホールで講演を終えると、若い女性が控え室に待っていた。おじいちゃんが是非会いたがっているという。

老人の名は、仮にRとしておこう。元海軍中尉、戦艦大和の主砲旋回手《しゅほうせんかいしゅ》だったというのが、わたしの興味を引いた。

連れていかれたのは郊外《こうがい》にある大きな農家で、Rは暗い離《はな》れの部屋にふせっていた。八二歳、胃《い》癌《がん》が骨髄《こつずい》に転移してもう助からないという。たまたまテレビで見たわたしが、若い頃の自分に似ているので、あることを託《たく》す決心をしたのだという。

老人は布団からおきあがると、床《とこ》の間《ま》にあった細長い包みをとった。絹糸《けんし》を多用した白い錦織《にしきお》りの立派な袋に入っている。受け取るとずっしりと重い。

なかから出てきたのは、絹《きぬ》の布に包まれた立派な黄金《おうごん》仕立ての刀だった。絹の布には菊の紋章《もんしょう》が今もあざやかに記《しる》されている。

これを持ち主に返してくれという。自分で返したらというと、実は盗人《ぬすっと》同然に手に入れたもので、今さらできないという。

刀の柄《つか》の根本に刻字《こくじ》『賜・伊藤整一・海軍大学校』とある。日付は『大正十一年八月』。わたしは驚いた。

伊藤整一は終戦の年の四月、鹿児島坊ノ岬沖《ぼうのみさきおき》の東シナ海で米軍機の大群に撃破された第二艦隊の司令長官だ。旗艦《きかん》大和とともに海に沈んだ智将である。戦死して大将に叙《じょ》されたのだ。

遺品《いひん》として港に残されたはずの恩賜《おんし》の日本刀ひと振りが行方不明になったと、わたしも本で読んだ記憶があった。恩賜の軍刀は海軍大学校の優秀な卒業生に与えられるものだ。海軍大学校は、実戦を経た佐官クラスのエリートが進む学校だった。

老人のたどたどしい言葉を追うと、次のようなことだった。

大和出撃の朝、Rは艦隊所属の士官・准《じゅん》士官・兵一〇数人とともに、遺品となるだろう乗組員たちの私物を内火艇《うちびてい》に乗せ、徳山の公務部に預けにやってきた。荷物は軍刀袋入りの軍刀四振り。そのひとつには伊藤中将の名があった。ほかに行李《こうり》八三個。ところが帰艦中の内火艇で高熱を発し、軍医に肺炎と診断され、艦を下ろされた。前からその兆しはあったが、こんな場合に迷惑はかけられないと黙していた結果だった。

Rは主砲の射手で、すでに死ぬつもりでいたから、取り残された気持ちになった。大和が撃沈《げきちん》されたとの報《しら》せが入り、徳山に預けた遺品のことは誰も何もいわなくなった。預けにいった兵たちは、全員戦死してしまったからだ。

一月《ひとつき》ほどして、Rは引き取り札《ふだ》を持っていることに気づいた。手の空いた生き残りたちは徳山に向かい、他の遺品はそれぞれの遺族に送るよう手配し、みずからは伊藤整一中将の刀を奪ったのだった。大和に対する愛情の思いが、ついそうさせてしまったらしい。少しでも自分と大和との繋がりを残しておきたかったのだ。

当時第二艦隊壊滅の報に港は混乱の極みにあり、誰もそこまで深く注意するものはいなかった。終戦後、Rは農業に戻ったが、ついに伊藤整一の遺族に刀を返す機会を得ずに今日まできた。

わたしは軍刀を抜いてみた。長い年月がたったはずなのに、刀身には一点の曇《くも》りもなく、研《と》ぎ澄《す》まされた美しさにわたしは背中に戦慄《せんりつ》が走るのを覚えた。老人が手入れを怠《おこた》らなかったためだろうが、まるで戦後五十年、軍刀が戦時のままに生きてきたように思えた。

刀を鞘《さや》に戻し、袋に入れようとした時、鞘の先が何かにあたる気配がした。

袋の底に手を入れてみると、茶色に変色した一通の手紙が出てきた。刀の鞘で長年押しこめられたためか、くしゃくしゃにつぶれている。Rも今日まで気づかなかったという。

わたしは手紙の皺《しわ》を延ばしてみた。封筒の左肩には『ヘル・ミツマサ・ヨナイ』とあり、右下には――あるナチスの高官の名があった。

米内光政は海軍大臣を何度も務めた海軍の大物である。

手紙はドイツ語で書かれていたが、職業がらドイツ語とフランス語はどうにか大意をつかむくらいはできる。苦労して読んで、わたしは頭がかっと熱くなるのを覚えた。手が震えてくる。もはや刀どころではなくなっていた。

太平洋で日米の将兵が戦いをくり返していた頃、本当にこんな危険が日本に迫りつつあったのか。まして米内宛の手紙がどうして伊藤整一の遺品の中にあったのか。


わたしは太平洋戦争、とりわけ海戦の経過をもう一度、調べ直す決心をした。刀を伊藤家に返すのはそれからだ。妄想にも似た思いが、常識を抑えつけた。

アメリカ公文書館、スミソニアン博物館、防衛庁戦史室、国会図書館、大和遺族会、零戦搭乗員会、ホノルル図書館……以下は、わたしが戦争の経過を逐一《ちくいち》おいながら、検証した内容である。当然推測となる部分が多いが、ことの性質上やむを得ないこととご容赦《ようしゃ》いただきたい。

第一章　カナーリス提督の密使

Wilhelm Franz Canaris

1

「目標右二〇度、魚雷《ぎょらい》、発射用意」

艦長の命令にUボートの艦内に緊張が走った。赤いランプが戦闘態勢を告げている。

「発射！」

続けて二発送り出された。

しばらくして爆発の衝撃が伝わってくる。

「やったか」と乗組員たちの間にほっとしたものが流れた。しかし、それはほんのしばらくのことだった。レーダースクリーンにあったシミのようなものは被弾のためか一瞬四方に流れたが、すぐにもとどおりの光点となって残った。ゆっくりと大きくなる。

「だめだ！　あいかわらず接近してきます。巨大です、それも……全長二〇〇メートル……戦艦ほどの大きさがある」

「莫迦なことをいうな。そんなでかい潜水艦があるものか」

艦長のハンス・ヴェルナー中佐も潜望鏡《せんぼうきょう》をのぞきこんだ。確かに近づいてくる。それにしてもおかしな形だった。いや、形といっていいものかどうか。黒雲かイカのスミのようなものだ。

もくもくと湧《わ》き出すように迫ってくる。その表面は滑《ぬめ》りを帯び蠢《うごめ》いている。夜の海中なのに相手の存在がうかがえるのは、相手が透明度の高い水を通して月光を弾《はじ》いているからだ。

「こいつは、軍艦ではない。生物だ」

「艦長、そんなことが」

副官のヨハヒム少佐が眼を剥いてくってかかる。

そいつはみるみる迫ってきた。レーダースクリーンの中で、光はほとんど中央の点、つまりUボートを覆うばかりになった。魚雷をあらたに装填《そうてん》する余裕もない。

Uボートの船体が大きく揺れた。

「全速後進」

舳先《へさき》にずんと衝撃があり、船体が傾《かし》いだ。

「だめです、舵がききません」

船体が何か巨大な力で掴まれたのだ。そのまま、ぐいぐいと深度が深まってゆく。乗組員たちは手すりや柱に掴まって転倒をまぬがれようとした。乗組員の足が床を離れ、天井の配管に張りつくものが出てきた。艦はすごい速さで下へ引きこまれているのだ。スクリューが空回りしている。

深度計の針が降下し始めた。

六〇……七〇……一〇〇。艦はぐいぐいと深海に引きこまれてゆく。Uボートは海底一二〇メートルまではどうにか行動できるようにできている。しかし潜水可能深度となると、二〇〇までいけるかどうかわからない。

深度計の針は一二〇と赤字で記された線を超えた。

一四〇……一五〇……。壁を這《は》っていたパイプ類が弾け、激しく蒸気を噴き出した。壁からリベットが飛んだ。速度が落ちて、空間に浮いていた乗組員たちも落下してくる。

「中佐」

と艦長のハンス・ヴェルナー中佐が振り返った。

「ここにいます、艦長」

それまで壁際の手すりに掴まっていた若者が艦長を見返した。

金髪で青い目をした色白な若者だった。筋肉質でいかにもゲルマン民族といった健康美に満ちている。将校服のがっしりした胸には勇敢な働きをした兵士に与えられる鉄十字章が渋《しぶ》い光を放っている。

「どうやら、ここまでだな。グスタフ・ハイマン中佐」

艦長はいった。

「やはり、やつらはいたようだ」

「そうですね。艦長、お世話になりました。とても感謝しています」

ハイマン中佐は右手をさし出した。

「こちらこそ」

艦長は手を握るかわりに若者の肩をしっかりと抱《だ》き締《し》めた。

グスタフ・ハイマン中佐は魚雷発射室に向かった。

艦の壁がゆらゆらと揺れたかと思うと亀裂《きれつ》が走り、海水がどっと流れこんだ。Uボートはぎしぎしと押しつぶされてゆく。

ずんと衝撃があったのは、魚雷が発射された音である。

艦長ハンス・ヴェルナーが非常事態を告げる赤いランプが消える瞬間に見たものは、黒いタールのような物体が触手を伸ばすように破壊孔から突っこんでくるありさまだった。タールには光るものが対になっていた。その冷ややかな目。そして魚の腐《くさ》ったような臭気《しゅうき》……。

2

一九四一年八月。日米開戦の四カ月前、連合艦隊第五潜水戦隊第二九潜水隊所属の潜水艦伊《イ》一五号はインド洋上に浮上した。

前の年に任務についた新鋭《しんえい》艦である。基準排水《はいすい》量二一九六トン。全長一〇八・七、最大幅《はば》九・三メートル。速力は水上で二三・六ノット、水中で八ノット。六本の五三センチ魚雷と二連装《れんそう》の一四センチ砲を備えている大型・艦隊型の潜水艦だ。はるばる佐世保から長旅をしてきたものだ。

海は目映《まばゆ》さを吸いこんでしまうほど深く濃紺《のうこん》色におさまっている。

東経七〇度、南緯二〇度、マダガスカルから二〇〇〇キロ、セイロンから三〇〇〇キロを結ぶ海域だった。

司令塔に双眼鏡《そうがんきょう》を手にしたふたりの男が立って海面を見ていた。濃紺の海面に七色の虹《にじ》をはなつ油の輪が広がっている。

「やはりUボートは撃沈されたか」

艦長の富岡五郎中佐の声は悲痛《ひつう》だった。これで使命は達成できなくなった。

「危険です、早く離脱しませんと」

副長の島崎少佐が促《うなが》した。

伊15号

ここは英国海軍の支配下なのだ。英軍の基地のあるチャゴス島は一八〇〇キロ北にある。哨戒《しょうかい》艇《てい》や雷撃機《らいげきき》が、いつなんどき降ってこないともかぎらない。

艦長の双眼鏡の視界に何かが飛びこんできた。一〇〇メートルばかり前方の油の浮いた海面に黒い浮遊物が見えている。潜水艦からゴムボートが下ろされ、接近した。ゴムボートの兵士が浮遊物を鉤《かぎ》でひっかけ、それから両手で引きずりあげた。とたんに兵士が鼻を押さえて嘔吐《おうと》する様が見えた。

「どうしたんだ」

島崎少佐が両手をメガホンにして兵士たちに声をかけた。

「人が死んでいます。しかし……」

とまでいってゴムボートの兵士は、また苦しそうに肩を喘《あえ》がせ、嘔吐した。

物体を載せて、ボートが戻ってきた。

「これは……」

艦長は甲板に引きあげられた物体に息を呑《の》んだ。

その遺体には撃沈の衝撃のためか、首もなければ四肢《しし》もなかった。両腕は肩の付け根から、両脚《あし》は膝《ひざ》から下が失せ、水を滴《したた》らせていた。しかも臭気《しゅうき》は、ツンと脳天《のうてん》に抜けそうなほど厳しい。

航海長の岩藤少佐が顔を押さえて咳《せき》こんだ。

遺体が身につけているのはドイツ海軍の制服だった。海軍中佐の階級章《かいきゅうしょう》。首がもぎれたためか、認識票《にんしきひょう》はついていない。引き上げられた遺体は、インド洋の強い陽射しの下で、鮫《さめ》に食い荒らされたマグロを連想させる。切り口からたれた血管や神経繊維は海水に洗われているにもかかわらず、血と黒い液体を滲《にじ》ませていた。

艦長は顔を寄せて遺体の衣服を見た。

「これは……グリス油だな」

「確かに」

副長が呻いた。

「この男の身体は魚雷管から発射されたのではないでしょうか。ですから頭も腕も……脚も」

「軍医長」

富岡艦長が呼んだ。

「は」

軍医の脇田大尉が応えた。

「艦内に運びこめ。そして解剖《かいぼう》するのだ」

「三〇〇（三万メートル）、三五度に敵機！」

双眼鏡を目にしていた偵察《ていさつ》兵が緊迫した声で叫んだ。遠い雲間《くもま》に機影《きえい》が光っている。

キラリ。見つかった。急降下してくる。

「急速潜航《せんこう》用意！」

遺体はゴムシートをかけられ、甲板《かんぱん》のハッチから兵士たちによって、引きずりこまれた。もう臭《にお》いも何も言ってはおられなかった。甲板からすばやく兵士たちが消えた。艦長の富岡中佐は最後に艦橋《かんきょう》のハッチを閉じた。

伊号潜水艦は空気をクジラのように吐きながら潜航を始めた。舳先が飛沫《しぶき》を掻き分け、そして沈んでゆく。

まっしぐらに海域《かいいき》を離脱した。

深度一〇〇まで降下。爆雷の爆発する振動《しんどう》が伝わってきた。二発、三発。かなり離れている。

追手がかからないと知った時、初めて艦長立ち会いのもと、軍医の脇田大尉の手によって、ドイツ将校の遺体が検《あらた》められた。場所は臭いが移るのを気にしなくても良い機関室である。異臭のもとは、切り口から来ることがわかった。首、両手両脚、その乱雑《らんざつ》な切り口から滲みでる黒い粘液《ねんえき》が生臭《なまぐさ》いにおいを発しているのだった。

「なんなのだ、この粘液は」

航海長が顔をしかめた。

軍医が試験管を取り出し、ガラス管の端《はし》でその粘液を採集した。

遺体は拳銃《けんじゅう》ひとつ身につけていない。ポケットからは砲金《ほうきん》製のシガレットケースに銀のライター。内ポケットには革《かわ》の手帳と、家族の写真が入っていた。花壇《かだん》の前で若い妻と幼い女の子ふたりが笑っている。

反対側のポケットを探った副長が、何か油紙《ゆし》に包んだものを取り出した。艦長が受け取って、油紙をはがした。厳重に包まれているように見えるが、急いだのかガムテープの封《ふう》は斜交《はすか》いになされていた。

油紙をはがしてゆく。なかには鎖《くさり》がついたままの鉄製の認識票。そして、細長く折り畳《たた》まれた白い封筒が入っていた。

表書きはない。蠟《ろう》の封印に記されたマークに、艦長の顔色がかわった。

「艦長、これは」

と副長がいった。

「ウィルヘルム・カナーリス提督《ていとく》のマークだ」

なかにはドイツ陸軍の便箋《びんせん》とキャビネ判の写真が数葉《よう》入っていた。便箋の宛名を見て、艦長が額《ひたい》の汗を拭《ぬぐ》った。

カナーリス提督といえば、日本の将校以上の軍人で知らないものはないだろう。ナチス陸軍の大物である。一八八七年生まれのドイツ貴族だ。それがまた日本人の好みにあうのか、日本の軍人の間でも人気があった。

読み返す富岡中佐の手が震えだした。ドイツ語がわかるわけでもなかったが、ローマ字の宛名だけは彼にもわかった。

3

日米開戦を前にした同じ八月の末。蝉時雨《せみしぐれ》がかまびすしい日曜日の朝のことだった。

海軍の将官旗《しょうかんき》をなびかせた黒いリムジンが麴町《こうじまち》三年町の屋敷町にある「米内」と表札の出た石の門柱《もんちゅう》をくぐった。

警備にあたっていた憲兵隊《けんぺいたい》の大尉が駆けつけ、後部座席のダークスーツの男に敬礼した。答礼した男はがっしりとした体格、頭は五分刈りにしていた。

穏やかな目と厚い唇《くちびる》はどちらかといえば田舎《いなか》親父の感じだが、その自信に満ちた落ち着いた態度がただものでないことを示していた。夏だというのにスーツを着込んでいるのが幾分奇異《いくぶんきい》な感じを与える。

車寄せに入ると、玄関には和服の米内光政《よないみつまさ》が立って、男を迎えた。運転していた私服の男が車を降り、反対側のドアを開けた。その時運転手のスーツの脇《わき》から拳銃が見えた。

髪を短くしたおむすび頭の男が降り立った。米内はすらりとした長身だった。西洋人の中に入っても決してひけをとらないだろう。相手の男は背こそ米内に及ばなかったが、がっしりとした偉丈夫で、それによく拮抗《きっこう》していた。

「山本くん、よく来てくれた。チェスの用意はできている。君の好きなオールドパーもな」

「お招きいただいて恐縮《きょうしゅく》です」男は頭を下げ「大臣、お手柔《てやわ》らかに」と笑顔をみせた。

「わたしはもう海軍大臣ではない。君も海軍次官ではなく連合艦隊司令長官だ。時の流れは早い」

男を応接間に案内すると、米内は背後で扉を閉じた。

生暖かい風がレースのカーテンをゆるがせている。強い夏の陽射しが絨毯《じゅうたん》に届いている。扇風機がはたはたと音をたてた。

男は山本五十六《いそろく》大将。この時、連合艦隊司令長官だった。

部屋の中央にはチェスの用意がなされていた。胡桃《くるみ》材の盤《ばん》がテーブルに置かれている。駒《こま》は柘植《つげ》である。米内光政が自ら削った自慢の品だった。

だが、今日の米内はチェス盤をちらりと見ただけで、山本にソファを勧めた。テーブルにはスコッチとグラス、アイスペール、そしてチーズとスモークドサーモンが置かれていた。米内は宴会などを除いて酒は飲まない。これは、客の山本に用意されたものなのだ。

米内はサイドテーブルから海軍省の紙袋を取り出し、山本の前に置いた。

「電話では詳しく話すわけにもいかなかったので、来てもらった。あまり目立ってもこまるのでな。それに、君はドイツ語がわかる」

「会話は苦手ですが、読むことはできます」

「まず、読んでみてくれ。話はそれからだ」

「拝見します」

山本は紙袋から手紙を取り出し、読み出した。

米内はふたつのグラスに氷を入れスコッチを注いだ。それから腕組みして窓外《そうがい》のひまわりに目をやった。

米内光政は山本より四歳年上で海外、とりわけロシア、ポーランド、ドイツ、中国の経験が長い。昭和十一年には連合艦隊司令長官をつとめている。ロンドン軍縮条約締結《ていけつ》に当たっては、艦隊増強派・親独派の軍人たちと真っ向から対立した。翌年には林銑十郎内閣の海軍大臣として入閣《にゅうかく》、その後の第一次近衛内閣・平沼内閣でも海軍大臣をつとめた。この時の海軍次官が山本五十六だった。

ふたりは日本を亡国の危機から救うべく、三国同盟を結ばせないよう力を尽くした。十五年には米内に組閣の大命がおりるが、陸軍の反対にあって、挫折《ざせつ》せざるを得なかった。この時点で米内は野に下り、山本五十六は連合艦隊司令長官に転出したのだった。

山本が手紙をたたんで封筒に戻すと、米内は葉《は》巻《まき》の箱をあけて勧めた。山本は煙草《たばこ》は断り、「いただきます」とスコッチグラスを手にした。

米内が先に口を切った。

「どう思うね」

「カナーリス提督はナチスの情報活動の立役者《たてやくしゃ》です。現在は第三帝国の外国防衛局長、となるとすぐには信用できるかどうかわかりませんな」

「そのとおりだ。同時にカナーリスは生粋《きっすい》のドイツ軍人だ。ナチスが登場する前からな。ヒトラー総統《そうとう》には必ずしも忠実ではないとも考えられる」

「……どうしてこの手紙が届いたかうかがいましょうか」

米内は葉巻に火をつけた。香《かお》りが窓から流れていった。

「五日ほど前、伊一五号はインド洋上でUボートからドイツの電探《でんたん》技術の資料を受け取ることになっていた。電探は高精度なものだ。対空砲撃にはなくてはならないものだが、いまだにわが海軍では旧式のものをどうにか使用するようになった段階だ。ナチスはこいつの提供を申し出てきた。三国同盟の引出物《ひきでもの》としてな。それは君も知っていることだ。

だが、合流予定海域にUボートは現われなかった。どうやらイギリス軍の哨戒機にでも見つかって撃沈されたらしい。海域にはUボートが沈没した跡《あと》があり、遺体が浮いていた。

遺体はドイツ海軍の制服を着て、位は中佐だったが、なにせ首がない。手足ももぎれている。衣服がグリスでべっとりと汚れていたので、どうやら魚雷発射管から射ち出されたものらしい。その懐《ふところ》から出てきたのが、このわたし宛ての私信だ」

「手紙を持っていたものの身元はわかったのですか」

「認識票は驚いたことに手紙と同じ油紙に包まれていた。覚悟《かくご》の死だったということだろうか。認識票の番号を密《ひそ》かに大使館から手を廻して調べた結果、遺体がカナーリス子飼《こが》いの将校で、グスタフ・ハイマンという中佐であることがわかった。電探技術を日本に引き渡す担当者だったのだ」

「………」

「わたしは大正九年（一九二〇年）から十一年までの間ベルリンの駐在武官《ちゅうざいぶかん》だった。その頃カナーリスは、ドイツ国軍のまだ二十代の若い情報将校だった。当時面識《めんしき》があったから、その伝手《つて》でわたしに私信を寄こしたのだろうが、なにしろ今の彼はナチスの外国防衛局長だ。しかも独ソ戦の真っ直中だ。

わたしに私信を寄こす余裕などないはずなのだ。しかもわたしが三国同盟に反対で海軍大臣の座を降りたことも知っているはずなのだ。山本くん、まったく君のいうとおり、策略《さくりゃく》じみている」

「カナーリス提督は日米は戦うべきではないとこの手紙で強調しています。せっかく三国同盟を結んだ相手にアメリカと事をかまえられては大変です。ドイツの本音は、日本にソ連の背中を突いてほしいのです。そのための布石《ふせき》としてこの手紙を書いたのではないでしょうか」

「それにしても中身がすごいではないか。天空から隕石《いんせき》に乗って超生命体が降ってきた。それが東シナ海の海底に巣くって南太平洋に増殖《ぞうしょく》している。だから、日本はアメリカと戦うべきではない――すごい論理だ。私はカナーリスの頭がおかしくなったのかと思ったよ」

「……」

「だが思い返した。異常なのは疑った私のほうなのかもしれない。わたしは提督のくれた情報にただごとではないにおいを感じている自分に気づいたのだ。

一九〇八年にシベリアのツングース地方で、タイガ（森林）が四キロ四方にわたって焼けただれたのは事実なのだ。その頃、南満州《まんしゅう》鉄道で情報を収集していたものが、報告書をよせてきている。陸軍の結論は大きな山火事ということだが、その謎はいまだに解けていない。写真で見ると、大きなすり鉢《ばち》状の穴があいているのだ。

当時ロシアはボルシェビキとメンシェビキがロンドンで左翼の国際会議を開いたりしており、

ロシア皇帝《こうてい》はそんな辺境《へんきょう》の事件を詳しく調査する余裕がなかった。カナーリス提督はその山火事を隕石の落下によるものと解釈している。

問題はそれから先だ。隕石は超生命体の乗り物であり、そこから出た存在はベーリング海から太平洋に出た――まるで海野十三の空想科学小説だが、それなりに筋《すじ》が通っているとは思わないか」

「しかし、東シナ海の海底で起きていることを提督がどうして知ったのでしょうか。自分は情報部の長を長くやっている、そのために情報を入手できたと書いてありますが、このままでは信じることはできません」

「ふむ」

とうなずいて米内は、山本の顔を見た。

「それなら、親書《しんしょ》の目的はなんなのだ？　わざわざUボートを一隻《せき》無駄にする価値はあったのだろうか？」

「やはりアメリカに戦争を仕掛けてくれるな、ということに尽きるでしょう。今のところ、アメリカは参戦していないのですから、アメリカを土《ど》俵《ひょう》の外に置いておくことが、ドイツにとってなによりも重要なのです」

「そうだろうな。また、そこに戻ってしまうか」

米内はチェスの前に座って山本を促した。

山本は封筒を米内に返した。それからチェス盤の前に座った。しばらくして米内がぽつりといった。

「本当にカナーリスは秘密裡《ひみつり》にわたし宛ての親書を書いたのだろうか」

「確かに書いたでしょう。しかしそれをナチスが知らなかったということは考えにくい。すくなくとも、Uボートの艦長と参謀《さんぼう》クラスは彼の腹心の部下だったと考えなければなりません。

これはヒトラーにとっては陰謀《いんぼう》です。もし事実とすれば、提督は大変な危険をおかしていることになります」

「もうひとつ、おかしなことがある」

「なんでしょうか」

「撃沈したのは英国海軍だろうといったが、事実はもうひとつはっきりしない。伊一五が浮上した時、敵艦の姿はなかった。英国海軍が撃沈したなら、駆逐艦《くちく》や戦果確認の飛行機くらい飛んでいるはずなのに。

事故か、それともその他の理由によるのか。伊号の艦長によると遺体は凄《すご》く生臭いにおいがしたそうだ。ほんの一時間ほど漬《つ》かっていただけなのに」

「生臭い？」

「鼻をつく刺激臭《しゅう》だったという。黒い液体が遺体の内臓にまで染み込んでいた」

「黒い液体とは、どういうことでしょうか」

「伊号の軍医が持ち帰って分析した。その結果、黒い液体はイカのスミに酷似《こくじ》していた。おそろしく腐敗《ふはい》がはやく、大気に触れたとたんに激臭を放ってハエがたかったという。だが腐液の正体はわからなかった。

遺体は軍医の言葉では、身体の内側までシオカラの液に浸《ひた》っていたようだという。まるで腐敗死体だが、解剖の結果、死亡してから一時間とたっ

占守型海防艦

ていなかった」

「すると、その異臭はどこでついたものなのでしょう」

「どこかで魚の死体の山にまぎれこんだということか」

「事実とすれば大変な問題です。東シナ海の海域をさっそく調査します。もちろん信頼できる部下を使います」

「そうしてもらおうか。あくまでも内密にな」

「もちろんです」

4

東シナ海は目映い金色《こんじき》の海だった。佐世保鎮守《ちんじゅ》府《ふ》の海防艦《かいぼうかん》占守《しむしゅ》が、ゆったりと波に揺られて停船していた。鎮守府とは、艦隊の後方を統括する機関で、当時、横須賀、呉、佐世保、舞鶴に設置され、所属艦艇の統率、補給、出動準備、兵員の募集、訓練、及び施設の運営と監督に当たった。一三〇〇トン、昨年できたばかりの新鋭艦だった。

舷側《げんそく》から兜《かぶと》式潜水器が下ろされようとしていた。金属製の兜とゴム製の衣服で成りたっている。兵士たちが手すりから見下ろしている。潜水服の男が手をあげ、海面に滑りこんだ。送気用のゴムホースがからからとロールから延《の》びていった。

九州坊ノ岬《ぼうのみさき》から西方、東経一二八度北緯三〇度の海域である。

「どうかな」

鎮守府司令長官の幕僚《ばくりょう》橘川《きっかわ》哲夫大佐が、占守の艦長永井中佐に声をかけた。

「うまくいくだろうか」

「あの潜水服なら大佐のおっしゃるとおり、一五〇メートルは潜水可能です。しかしそのくらいの深さに潜《もぐ》っても何も掴めないと思います。

このあたりはフィリピン海溝《かいこう》の端にあたります。海溝の入り口までが二〇〇〇はあるでしょうか。あとは底なしです。一番深いところでは一万メートルを超えています」

「いいんだ。なにごともなければそれで結構。なにしろ、米軍が機雷《きらい》を敷設《ふせつ》したという情報が入っているのでな」

「全く。本当なら大変なことですな。見逃したわれわれの手落ちということになる」

「まだ開戦していないのだ。心配することはない」

橘川大佐は煙草に火をつけた。煙《けむり》が永井中佐の鼻先をかすめた。

雲が流れてゆく。ぎらぎらした太陽が耐えがたいばかりだ。

「引いています」

合図の浮きが動いているのだ。送気用のゴムホースが引き上げられてゆく。巻上機《まきあげ》がからからと音をたて、やがてパシッと弾けた。ゴムホースがくるくると巻き上がる。途中で切れてしまったのだ。

永井中佐が身を乗りだした。

「なんだ、あの渦は！」

橘川大佐が叫んだ。兵士たちが銃を構え、機銃の銃座《じゅうざ》が回転した。

いきなり何かが海面から躍りでた。巨大な魚が宙《ちゅう》に舞い、水をはねあげて落下した。行きすぎて方向を返し、また向かってきた。

「鮫だ」

「しかし、大きいですな」

全長七、八メートルはある。とはいえ、間違いなく巨大な鮫で、ぎざぎざの歯が剥き出しになった口には潜水服の男ががっしりと咥えられていた。潜水服の男の背中はあべこべに折れ曲がってしまっている。

背鰭《せびれ》を立てて、まっしぐらに艦に向かってくる。そのまま魚雷のように迫り、舷側にぶち当たり、身を翻《ひるがえ》した。艦が揺らいだ。はずみで鮫の口から外れた潜水服の男が、甲板に放り上げられた。

「ちくしょうめ」

永井中佐が発砲《はっぽう》を命じた。前甲板の機銃がカタカタと乾いた音を立て、水面に水柱が走った。

鮫の鰭は遠ざかると見えたが、バシャリッと跳ねたと思うと、くるりと白い腹を見せ浮かび上がった。血が頭部から流れ出すのが見えた。

潜水服の兜が外され、青白い顔が出た。

「大佐……」

と掠《かす》れた声が洩れた。背骨が折れている。それなのに、まだかろうじて息があった。

「少佐、しっかりするんだ」

「見ましたよ。海溝の奥に何かがいます。とても暗い。だが、確かに生き物の気配がしているのです。わたしは感じることができました。すくみあがっていたら、鮫のやつに後ろから襲《おそ》われ……」

「もうしゃべるな。おおい、軍医はまだか！」

橘川は叫んだ。少佐と呼ばれた男の唇の端と鼻から、血が溢《あふ》れ出た。急速に顔色が土気色《つちけ》になり、息絶えた。

鮫の死体は鉤で引き寄せられた。全長八メートル。ホオジロ鮫では前代未聞《ぜんだいみもん》の大きさだった。

「まるでクジラかイルカだ。このあたりでは、こんなやつが獲《と》れるのか」

橘川大佐がたずねた。

「いえ、初めてです」

艦長は溜め息をついた。

鮫は海防艦に引き上げられ、腹が割《さ》かれた。なかから溶けかかった人間の死体が出てきた。衣服の切れ端から漁師のものと推測できた。人喰い鮫だったのだ。

5

半月後の九月の初頭《しょとう》、山本五十六大将は再び米内光政邸《てい》を訪問した。すでに日米開戦は秒読みに入り、山本はその作戦準備に追われていた。

「どうだった、調査の結果は」

「東シナ海のその場所、かりに、危険という意味でD海域としておきましょうか、佐世保から海防艦占守を行かせました。潜水班の少佐が潜りましたが、鮫に襲われて死にました。死ぬ前に、確かに海溝に何かいると報告しています」

「何かいる？」

「見たわけではありません。少佐の直観ですから、証拠があったともいえません。しかし……。少佐を噛んだ鮫の大きさは八メートルに及びました。前代未聞の大きさです。生物体系に異変が起こっています。

占守が海底に向かって音波を送ってみました。その波が深海に届くと、不規則な乱れ方をします。海底山脈の鉱石《こうせき》のためかと思いましたが、それが移動するのです」

「動くのか。アメリカの新型潜水艦ということはないのか」

「それも考えましたが、潜水艦の常識では潜水可能なのは一〇〇か一二〇がいいところです。あの辺りの海底は二〇〇〇メートル。海溝となれば深さは底なしです。とてもそんな深海に……現在の造艦技術では不可能です」

「すると、磁力を帯びた生物が海溝内を泳ぎ廻っているというのか。そんな代物がいるのか」

「生物学者に訊きましたが、そんな類《たぐい》は地球上で発見されておりません。電気を帯びている魚はいますが、それもクジラほどの大きさとなると」

「なんとな。カナーリス提督の手紙の内容は正しかったのか」

「どうやら、そのとおりです」

米内は腕組みして窓の外を見やった。ヒマワリはもはや枯《か》れ、コスモスの花が風にそよいでいた。

「東シナ海の海溝に怪物がいる。アメリカとの戦争は避けなければならない。万一開戦してしまった場合、この怪物の問題は喉《のど》にささった骨のような存在になるだろう。忘れ去るのはあまりにも危険だ」

「近衛総理には報告なさったのですか」

「いいや」

穏やかにいって、米内は葉巻に火をつけた。

「総理に報告すれば、陛下《へいか》のお耳にも入ることだろう。情報の出所を追及され、総理は話してしまうに相違ない。そうなったら収拾がつかなくなる。

だから、どんなものだろう。この情報は海軍だけで処理することにしたら。海軍だけで呑んで、関係者の申し送り条項としたいのだ」

「それがいいでしょう。戦争が始まればそれどころではないかもしれません。戦いの帰趨《きすう》に影響しないなら、そのままにしておけばいい。しかし、万

一、その〝やつら〟が戦争の足を引っ張るようなことがあれば、折を見て、魔物退治はやらねばなりますまい。そのための準備はしておきませんと」
「魔物とはまた、何がいいたいのだ」

「それなりの装備をした軍艦を用意しなければなりません」

「しかし〝やつら〟の正体が今ひとつわからない。それで有効な戦いができるものかどうか」

「深海まで届く爆雷は、まだ開発されてはいません。しかしカナーリス提督の手紙には、もうふたつ注意事項がありましたな。

宇宙からの生命体は当面侵略すべき日本人の血を吸いながらD海域に集まり、誕生の日を待っている。その段階では〝やつら〟は海水の中でしか生きられない。そこにある日、天空から『仲間』がやってきて受精する。〝やつら〟はそれから地上に出てくると」

「確かに書かれているな」

「その時、攻撃できるのは破壊力が強大で飛距離の長い砲しかありません」

「なんなのだ、それは」

「戦艦大和と武蔵《むさし》の四六センチ砲です」

「なるほど」

「幸い大和は現在艤装《ぎそう》中です。カナーリス提督の提案している装備を備えることができます。つまり船体の一室をいざという時に切り離して潜水可能にするのです。もちろん攻撃力を持ってですが」

「無理をいうな。大和は連合艦隊の旗艦だぞ」

「これからの戦いは航空戦です。大和の出番はあまりないかもしれません」

「…………」

「是非」

「よし、この一件に関しては連合艦隊司令長官と戦艦大和艦長の申し送り事項とする。秘密は関係者以外には絶対もらさない。それでいいかな」

「結構です……いただきます」

山本五十六は葉巻に手を伸ばした。米内が火をつけた。

「ところで、野村大使は近衛首相の親書をルーズベルト大統領に渡したと聞いていますが、返事はどうだったのですか」

「首脳会議には事前討議《とうぎ》が必要と回答してきたよ。日本はすでに南方作戦を始めているのだ。七月には仏印に進駐《しんちゅう》した。とても無理だろうな。六日の御前《ごぜん》会議で帝国国策遂行要領が決定される。対英米蘭との戦争準備をすることになるだろう」

「もう一度、アメリカとの開戦は見合わせるよう、会議で説得なさってください。アメリカと戦うのは、陸軍ではなくわが海軍なのですから。その海軍大臣が勝算なしといえば、陸軍の野望は潰《つい》えます」

「ドイツは破竹《はちく》の勢いだ。陸軍はナチスの派手な宣伝に目がくらんでしまっている。船に乗り遅れるな、だ。残念ながら海軍の中にも英米何するものぞといい出すものも出てきた。君のいうとおりにすれば、海軍は間違いなく分裂する。進むも地獄、引くも地獄だよ」

米内の顔は苦渋《くじゅう》に満ちたものだった。

「それより、右翼《うよく》も陸軍もわしたちを目の敵《かたき》にしている。お互いに暗殺には気をつけなければな」

「伊藤次長にだけは会っておきたいのですが、よろしいでしょうか」

伊藤整一は九月一日付で軍令部の次長に昇進した。その前は山本五十六の下で連合艦隊参謀長をつとめてきた。

頭が冷静で、米国との戦争には反対している。違うのは航空機の優越をとなえる山本たちに対して、伊藤整一はどちらかといえば戦艦擁護《ようご》派だったことだ。

「いいだろう。内部にもシンパは、もっと必要になるだろう」

米内はそういった。

6

昭和六年の満州事変以来、中国との泥沼《どろぬま》戦争に深入りしてしまった日本は満州国を作りあげて、その深みを増した。日本の中国からの撤退《てったい》を要求するアメリカとの対立は激しくなるばかりだ。

軍部の中には親英米派も多かったが、日清・日露戦争で国民の血を流して得た中国を捨てることはできない。この際中国が他人の家だという観念は軍部にも日本国民にもなかった。背に腹はかえられぬほど、日本経済は軍事費の負担に喘《あえ》いでいたのだ。アメリカ、イギリス、中国、オランダは経済包囲網を敷《し》いて石油、鉄鉱石などの禁輸で日本を縛《しば》りあげた。

このままでいけば、日本は干上《ひ》がってしまう。日本はドイツ、イタリアと三国同盟を結んで対抗。七月にはついに南部仏印に進駐した。米国、英国、オランダは日本の在米資産凍結《とうけつ》でこれに報復《ほうふく》した。

一方ドイツはオーストリアを併合《へいごう》すると、チェコ、ポーランドを奪い、破竹の勢いでフランスを占領し、ドーバー海峡《かいきょう》をへて英国に爆撃をかけていた。そればかりか不可侵条約をむすんでいたソ連にも攻め入った。

イギリスの首相チャーチルはアメリカのルーズベルト大統領に助けを求めたが、アメリカ国民は海の彼方《かなた》の戦場に息子たちを送りこむのは拒否していた。しかし、大統領はアメリカ参戦のきっかけを求めていた。たとえ敵が大西洋とは反対にある太平洋であろうとも……。

日本は九月の御前会議で戦争のための国策が決定され、十月五日には大本営《だいほんえい》は連合艦隊に作戦準備を命じた。一八日には東条内閣が成立した。アメリカとの交渉はまだ続けられた。

十一月二六日、ハワイ作戦機動部隊が南千島の単冠湾《ヒトカップ》を出撃した。日米交渉がまとまれば、即刻引き返すというものだった。

同じ日、アメリカ国務長官コーデル・ハルは事実上の最後通牒《つうちょう》であるハルノートを提示した。なおも交渉は続けられたが、十二月一日、御前会議は対英米蘭開戦を決定した。

7

十二月七日、本州と四国の南端伊予灘《いよなだ》から周防《すおう》灘にかけて、大和の主砲の試射《ししゃ》が行なわれた。周防灘の徳山沖には二台の筏《いかだ》の上に立てられた高さ五〇、幅六〇の大キャンバスが標的として置かれていた。もちろん大和から肉眼で見ることはできない。

試射の射程は三万二五〇〇メートルとされている。瀬戸内海では距離が取れない。だが、大和が秘密裡に建造された以上、外洋で試射するわけにはいかなかった。

大和は国東《くにさき》半島の姫島《ひめしま》に船首を向け、主砲の砲身を周防灘方向にむけて微速度で進んでいた。この日は波が高かったが、この超弩級《ちょうどきゅう》艦はずっしりと島のように揺らぎもしなかった。

大和が呉工廠《くれこうしょう》で起工したのは昭和十二年二月、進水は十五年八月八日のことだった。艦船は艤装に時間がかかる。この時点で、日米開戦は不可避とみられ、艤装工事は昼夜兼行で進められた。

完成予定はたびたびくり上げられた。十六年十月になると、宿毛《すくも》湾《わん》に設けられた標柱間の全力予行運転、全力公試運転が相ついで行なわれ二七・三ノットを記録した。そして十二月七日、主砲の試射が行なわれようとしていた。

午前一〇時呉工廠桟橋《さんばし》をはなれた大和は、巡《じゅん》航《こう》速度一六ノットで進み、午後二時には予定水域に達した。そこから周防灘に向かって右に舵《かじ》を切った。六ノットの微速で進み始める。

一貫して大和建造の責任をとってきた造船部長庭田尚三少将。技術者、工事関係者、高柳儀八艦長、砲術長松田源吾中佐たちが全員、所定の位置についていた。四年にわたり、延べ一六九万人、工費一億三七八〇万円をかけた、建造、艤装の努力がようやく報われようとしていた。

「砲戦用意!」

艦長高柳儀八大佐の号令がかけられ、その指示は全艦に伝えられた。

「目標、三万五〇〇〇メートルの標的!」

甲板上から乗組員は全員消えた。通風口もぎりぎりまで閉じられた。

戦艦大和は公試状態では排水量六万九一〇〇トンだったが、満載時には七万二八〇九トンになった。全長二六三メートル、最大幅三八・九メートル、タービン四基で一五万馬力が出た。スクリューは四枚翼で直径六メートルあった。

乗員数は二二〇〇(のちに二五〇〇)、冷房もエレベーターも備え、乗員にはハンモックではなくベッドが用意された。トイレも洋式だった。のちに『大和ホテル』と異名を取るようになる所以《ゆえん》である。

兵装は、四六センチ主砲三連装三基、副砲一五・五センチ三連装四基、高角砲一二・七センチ二連装六基、機銃二五ミリ三連装八基、一三ミリ二連装二基。カタパルト二基。搭載《とうさい》水上偵察機および観測機六機。

装備も凄《すさ》まじいが、とりわけ飛距離四万を超す四六センチ砲は世界でも類がない。排水量からしても世界一の巨大戦艦だった。

船首からなだらかなスロープをなして主砲二基、副砲一基と次第に高くなり、前檣楼《しょうろう》にいたる。後部はゆるやかに弧《こ》を描いた煙突《えんとつ》一基、アンテナをへて副砲一基、主砲一基と下がってゆく。

後部甲板は平《たい》らに延び、カタパルト二基と飛行機を引き上げるためのクレーンを備えた艦尾《かんび》には軍艦旗が翻っている。船体が大きいので相対的に前檣楼が低く、そのため、全体になだらかな富士山に似た優美さを生み出していた。

大和はまさに日本人の誇りというにふさわしい戦艦なのだった。

「左九〇度、一斉射ち方用意！」

砲術長松田源吾中佐の声が響いた。前檣楼最上部（トップ）の射撃指揮所では、一〇人の兵たちが主砲発射の位置についていた。射手は椎名《しいな》為一特務少尉、旋回手は手塚兵曹長《そうちょう》、竹重一等兵曹である。射撃指揮所は円形で中央に潜望鏡が突き出ていて、四つの接眼鏡でのぞくことができる。

椎名為一特務少尉はもと戦艦日向《ひゅうが》の主砲方位盤の旋回手だった。山口県の出身で大正十年二〇歳になった時、呉海兵団に志願入隊した。叩きあげの射手だった。九月の人事異動で大和に引き抜かれ、特務少尉に昇進した。引き抜いたのは砲術長の松田中佐だった。椎名は巨砲を射つことに誇《ほこ》りと命を賭けていた。

「射ち方、始め」

松田中佐の落ち着いた引き締まった声。

椎名は左手で上下照準ハンドルを掴み、右手で銃《じゅう》把《は》を握《にぎ》った。ブザーが鳴る。短く三回、長く一回。椎名は引き金を絞《しぼ》った。

轟音《ごうおん》というより地響《じひび》きに似ていた。大和がオレンジ色の火を吹き、褐色《かっしょく》の煙を浴びて揺れた。一・四六トンの砲弾が〇・三秒の差を感じさせず、一段の音となって周防灘をふるわせた。

椎名は接眼鏡に眼を当てた。四〇秒後、明るい水平線に九本の水柱が上がった。肉眼でも充分見えるほどの高さだった。標的に見事命中したのだ。

続いて、どろどろと雷に似た音が海面を伝わってきた。

椎名特務少尉は感激に身をふるわせた。主砲試射は成功だった。

この日『ニイタカヤマノボレ』の電文が、造船部長庭田尚三少将、高柳艦長、砲術長松田中佐たちには伝わっていた。大和が竣工《しゅんこう》式を終え、軍艦旗掲揚《けいよう》とともに連合艦隊に編入されるのは十二月一六日のことである。

第二章　特殊潜航艇

1

昭和十六年十一月二六日早朝、南千島択捉島《えとろふ》の単冠湾を出撃した南雲忠一中将を司令長官とするハワイ作戦機動部隊（第一航空艦隊）旗艦・空母赤城《あかぎ》は、一二月二日の午後八時、連合艦隊司令部よりの暗号電報を受け取った。

『ニイタカヤマノボレ、一二〇八』

十二月八日戦闘行動を開始すべしとの命令である。

空母六（赤城、加賀《かが》、蒼龍《そうりゅう》、飛龍《ひりゅう》、瑞鶴《ずいかく》、翔鶴《しょうかく》）、戦艦二（比叡《ひえい》、霧島《きりしま》）、重巡《じゅうじゅん》二（利根《とね》、筑摩《ちくま》）、軽巡《けいじゅん》一（阿武隈《あぶくま》）、駆逐艦九（谷風、浦風、浜風、磯風《いそかぜ》、不知火《しらぬい》、陽炎《かげろう》、霞《かすみ》、霰《あられ》、秋雲《あきぐも》）、給油艦七、そして哨戒のための潜水艦三（伊一九号、伊二一号、伊二三号）。六隻の空母には零式《れいしき》艦上戦闘機二一型（零戦）、九九式艦上爆撃機（艦爆）、九七式三号艦上攻撃機（艦攻）が艦載されていた。

ハワイまでは片道約三〇〇〇海里（約五五六〇キロ）、機動部隊の航海速度は一四ノット（時速約二六キロ）である。

十二月八日午前零《れい》時三〇分（ハワイ時間午前五時）、機動部隊はハワイの北方約二五〇海里の海域に達すると、直角に向きを変えた。戦闘態勢のまま二二ノットの高速で強風に荒れる海を一路南下する。

東の空が明るくなりだした午前一時二〇分（ハワイ時間午前五時五〇分）六隻の空母から零戦、

空母赤城

艦爆、艦攻の大編隊一八三機が発進、一路ハワイの真珠湾《しんじゅわん》に向かった。南海の日射しに銀翼をきらめかせ、編隊はオアフ島をかすめた。

その頃、水深二〇メートルでは、一隻の特殊潜航艇が苦行を続けていた。減速ギヤが故障して、海流に流されてしまったのだ。

安彦勲《いさお》大尉はジャイロを調整し続けた。故障は油まみれになって直すことができたが、その時には艇の位置がまるでわからなくなっていた。前方は真珠湾のはずなのだが……。

「だめですかいな」

操縦士の玉田実兵曹長がいった。

後世のように『特殊潜航艇』とは、海軍では呼ばれなかった。秘匿《ひとく》名は『A標的』、または『甲標的』である。搭乗員二名、その隊長の名をかぶせて呼称された。小さいながらも安彦勲大尉は安彦艇の指揮官なのだ。

艇は隊長と下士官の二人乗りだ。長い鋼鉄《こうてつ》の筒状である。中央に司令塔が突き出ており、その下が操縦室で潜望鏡がある。ハッチもこの部分である。前部は魚雷と蓄電池《ちく》、後部には発電機とメインの機械類、蓄電池と燃料タンク、電動機。これらの間を人ひとり這って移動できるほどのトンネルがつないでいる。艇の上部はバラストタンクだ。

安彦大尉が小型ジャイロを見て、針路《しんろ》を調節する役目だった。水深は二〇メートル。一〇〇メートルまで潜ることはできたが、それでは速度が落ちる。できるだけ早く敵に接近し、魚雷を放つ。発見されれば帰投は難しいが、それでもいいと安彦大尉は思っていた。なにしろ、これは彼が自ら志願したことなのだから。

「艇長、いよいよでんな」

玉田実兵曹長がいった。

「南雲部隊の零戦は今ごろはオアフ島をかすめておる頃でしょう。わしらも気《け》ばらんといけませんな」

「そうだな」

玉田兵曹長は難波《なにわ》のテキヤの息子である。

東京出身の安彦大尉には大阪弁が鼻につくと、初めは思ったが、慣れると心なごむのに気づいた。

「俺たちも頑張らなければいけないな」

「もちろんですわ」

間もなく、六隻の空母を発進した海軍航空隊がハワイ・オアフ島真珠湾の米国太平洋艦隊基地を奇襲攻撃するはずだった。

十一月に大本営から連合艦隊に対英米蘭作戦命令が下ってあわただしくなった時、真珠湾を奇《き》襲《しゅう》することは安彦大尉には自明のことに思えた。それで上申した。

真珠湾攻撃は日本の存亡を賭けた攻撃である。空からの攻撃にあわせ、自分たちは特殊潜航艇を用いて、海から真珠湾を離脱しようとする艦船を仕留めたい。是非、攻撃を許していただきたい――。

上申を受けた上官は生還《せいかん》が期しがたいことを告げて思いとどまるよう諭《さと》したが、結局は愛国の熱意にほだされて許可した。とうに開発をしていた特殊潜航艇の性能を試してみたい気持ちもあったのだろう。山本五十六はハワイ奇襲への特殊潜航艇の使用には反対だったが、搭乗員たちの熱意に押し切られ、最後のツメの段階になって参加を認めた。

特殊潜航艇の開発は艦政本部の発案により昭和七年に始まっている。担当したのは呉海軍工廠魚雷実験部である。試作をへて、十五年九月に正式兵器として採用された。翌十六年四月、第一期搭乗員一〇名と下士官一二名が発令され、八月までに訓練が行なわれた。

全長二三・九メートル、直径一・八五メートル、排水量四六トン、電動機六〇〇馬力一基、航続力二一・五ノットで五〇分、微速六ノットで八時間、安全潜航深度一〇〇メートル、発射管四五センチ二門、九七式魚雷二本、乗員二名。二一ノットはかなりの高速だが、持続五〇分というのはあまりにも短かった。

ハワイ攻撃参加の特殊潜航艇は五隻である。母艦には後部甲板上に搭載可能な伊一六、伊一八、伊二〇、伊二二、伊二四の大型艦が使用された。

機動部隊とは別行動である。第三潜水戦隊司令佐々木半九大佐の指揮のもと、呉の倉橋島をいち早く十一月一八、一九日出撃、十二月七日にはオアフ島沖の発進海域に集合した。

深夜に入って伊号潜水艦は真珠湾に接近、機動部隊第一次攻撃隊の発進する五時間前、特殊潜航艇は次々と母艦を発進していった。

攻撃を終え次第、特殊潜航艇は外洋に出てラナイ島付近まで南下、搭乗員だけ伊号潜水艦に救出される手筈《てはず》になっていた。後の特攻兵器人間魚雷回天《かいてん》とは根本的に違っていたが、危険なことは同じだった。特殊潜航艇は全部で五隻、それぞれが真珠湾に肉薄しているはずだ。

「やった」

と玉田兵曹長が叫んだ。

「やりましたな」

「うん」

安彦は唇をかんだ。

衝撃が伝わってくる。何度も何度も。しまいにはその衝撃が潜航艇の内側壁面に響いて、わんわんと耳なりを引き起こした。淵田美津雄中佐が率《ひき》いる攻撃隊が魚雷と爆弾の奇襲を仕掛けているのだ。港の中の戦艦や輸送船が撃沈される音が立て続けに響いた。

「奇襲成功ですね。すごい、これでアメリカの艦隊は壊滅ですよ。艇長、わしらも一丁、いきましょうか」

どこかでごろんと何かが転がる小さな音がした。ついでプンと酒の匂いが艇内に流れた。

「兵曹長、きさま、酒など飲んでいたのか！」

「まさか。割れたんですわ、縁起《えんぎ》でもない」

攻撃成功の時に呑むために座席の脇に用意した一升瓶《いっしょうびん》が転げて、ひびが入ったのだった。

「いくぞ、兵曹長」

「任せてください」

玉田兵曹長は魚雷発射装置に手をかけた。

安彦大尉は思い切って潜望鏡をあげた。

丸い視界に飛びこんできたのは、燃えあがる戦艦と巡洋艦、空から爆雷攻撃を続ける戦闘機。赤い日の丸が安彦大尉の目に灼きついた。

奇襲作戦はまさしく成功したのだ。炎上のさまは想像を絶していた。安彦は気負いたった。自分の特殊潜航艇も手柄《てがら》を立てなければならなかった。

バッテリーを最大出力にする。ぐんと背中にGがかかって、艇は速力を増した。玉田兵曹長は魚雷発射管のレバーに手をかけた。

潜望鏡の丸い視界の中の光景は、まさに火の海だった。戦艦の艦橋が傾き、駆逐艦が舳先を上げて沈みつつあった。飛行場の格納庫《かくのう》が吹きとんで黒煙をあげている。安彦大尉は両手を挙げてバンザイ！　と叫びたい気持ちを抑えるのに苦労した。

その時、いきなり潜望鏡の視界にとがった舳先が現われた。敵の魚雷艇だとすぐに気づいた。見つかったのだ。全速で突進してくる。三三ノットは出ているだろう。舳先の掻き分ける波しぶきがこちらにもかかりそうだ。

「まずい。見つかった！」

玉田の肩を激しく叩いた。

特殊潜航艇は降下を始めた。五秒、一〇秒、二〇秒。深度は八〇。突然衝撃がきた。

玉田兵曹長の頭がジャイロに叩きつけられるのが見えた。

「玉田！」

ふいに計器の端から青白い火花が散ったかと思うと、明かりが消えた。電気回路がどこかでショートしたのだ。それまで続いていたスクリューの回転を伝える振動が消えた。

闇の中で安彦大尉は、兵曹長に声をかけた。返事がない。さぐると玉田の頭に触れた。べっとりと熱いものが触れた。血である。

「玉田、死ぬな！」

沈降《ちんこう》が始まった。

計器のどこで支障が出たのかと安彦大尉の頭は目まぐるしく回転した。魚雷の発射ボタンにまったく電気がきていないと知った時、安彦大尉の背筋を冷たいものが流れた。

昇降舵《しょうこうだ》をあげると、いったんは上向きになったものの、艇はまた降下を始めた。平行舵があるため横倒しになることはまぬがれたが、流され始めていることは確かだった。

地上ではわが軍が真珠湾を果敢《かかん》に攻撃し、成功を収めつつある。大戦果の一端は安彦大尉たち特殊潜航艇が担《にな》うはずだった。それなのに、安彦艇は失敗しようとしている。

悔しさがこみ上げたが、今は四隻の仲間たちの成功を祈るだけだ。

安彦大尉の艇はたとえ修理がなったとしても、攻撃の時期は逸《いっ》したことになる。攻撃の後は哨戒がますます厳重になり、到底湾に接近することはできなくなるだろう。撃沈されればまだしも、捕《ほ》虜《りょ》になるのはいやだった。

闇の中で自刃《じじん》用の短刀を手元に引き寄せた。だがその必要はないと思い返した。艇はいずれ、深海の重圧に耐えられず、つぶれてしまうはずだ。撤収海域のラナイ島までは、とうてい行けそうもない。仲間たちと真珠湾の勝利を祝いたかったが、それも夢となった。

安彦大尉は修理をあきらめ、無駄と知りつつ、潜望鏡の狭い視野に目をこらした。

南海の海は透明度が高い。もう陽は昇っている。水深一〇〇メートルまでは光が届くはずだ。それが次第に暗くなってゆく。ブルーから灰色に、そして闇が視界を覆ってゆく。

やがて暗黒《あんこく》の世界が訪れた。それとともに安彦大尉の意識も混濁《こんだく》し始めた。

2

源田《げんだ》実中佐の率いる雷撃機の編隊は、燃えあがる真珠湾を背に、敵空母を探して飛んでいた。銀翼の日の丸が目映いばかりだ。それが二〇機、広い間隔で索敵《さくてき》に全力をあげていた。

北条勇夫《ほうじょういさお》一飛曹は霞ヶ浦航空隊の同期生の中でも視力がいいのが自慢だった。二万メートル離れた敵機を見つけることができると豪語《ごうご》していた。

なるほど真珠湾奇襲は成功した。だが撃沈した艦の中に航空母艦がないことは、第一次攻撃隊の淵田美津雄《ふちだみつお》中佐も源田実中佐もいち早く気づいていた。

南雲忠一中将の司令部からは真珠湾の攻撃が終わりしだい、引き上げるよう厳命《げんめい》されている。南雲機動部隊としては、今後の艦隊決戦に備えて、今回の奇襲はなんとしても「無傷で」帰投《きとう》する必要があったのだ。さっと叩いてさっと引き上げる。それが奇襲にはなによりも要求された。

しかし、いかに戦艦を叩こうと、空母を討たなければ、敵がすぐに反撃に出てくることは必至《ひっし》だった。源田実中佐は「第二次攻撃の要ありと認む」と打電したが、容れられなかった。

空母を討ちもらしてはならない。飛行機こそが戦争の勝敗を決めるのだ。北条一飛曹はそう肝《きも》に命じて飛んでいた。

南の海は美しかった。オアフ島の周囲は白く、それから緑色になり、やがて濃紺に海は染まって見えた。雲はまるで真綿《まわた》の置物をあちこちに置いたように何重にも連なっている。水平線が熱気のため滲《にじ》んで見えた。

米太平洋艦隊の空母は、エンタープライズ、レキシントン、サラトガの三隻いるはずだ。先に見つけないかぎり、今度はこちらが追われる立場になってしまう。先に発見して、敵機が発艦しないうちに、雷撃するのだ。

北条一飛曹の機は高度一〇〇〇メートルを飛んでいた。

初め太陽が水面に弾かれただけかと思った。前方で何かが光ったような気がした。北条機は高度を下げた。

水面下で確かに何かが動いている。味方の特殊潜航艇が出撃しているとは聞いていたが、このあたりは真珠湾から四キロは離れている。

敵潜水艦のシュノーケルが陽光を弾いたのだろうと北条はとっさに思った。

北条は魚雷を投下した。両翼が急に軽くなった。

海中に飛びこんだ魚雷は目標めがけて突進してゆく。北条一飛曹は旋回して、魚雷の航跡《こうせき》を追った。ぐんぐん接近してゆく。目標が船体をよじって逃れようとする。一発はそれたが、一発は目標に吸い込まれた。

凄まじい水柱が噴き上がった。

「命中！」

後部銃座の進藤兵長が歓声を上げた。

「やりましたね、一飛曹」

だが、北条の顔はこわばっていた。

「一飛曹、どうかなさったのですか」

「いや。あれは本当に潜水艦だったのかな」

「どういうことです」

「あいつは身体をよじって逃れようとした。船ではなかった」

「魚だとおっしゃるのですか」

「そうだよ、大きなクジラではないかと思うんだ」

「こんなところまで……クジラはくるんですかね」

「わからないな」

「いいじゃないですか、クジラ一頭撃沈！」

勝ち戦のため、進藤兵長は浮かれていた。北条はおかしな気分になった。それに、あんな巨大なクジラがいるものかどうか。それにしても潜水艦とはとうてい思えなかった。相手は身体をしならせて逃げようとしたのだ。鉄の硬《かた》さとはまるで違っていた。

帰投命令が下った。北条機は、母艦めがけて高度をあげた。真珠湾は燃えあがり、黒煙が南海の空に立ち昇っていた。

3

海中で、安彦勲大尉は故郷の父と母を思っていた。父は日露戦争の激戦地二百三高地の生き残りだ。息子の戦死を名誉に思うだろうが、母は泣くだろう。

海軍兵学校の仲間たちの顔が浮かぶ。安彦大尉は木更津から伊号潜水艦でハワイに直行したため、単冠湾に集合した南雲艦隊の威容《いよう》を見ていない。さぞ素晴らしかったことだろう。吹雪《ふぶき》の中にはためく旗艦・空母赤城の軍艦旗がまざまざと想像された。心が鼓舞《こぶ》されるのを覚えた。

十月の千島列島はすでに冬の最中だ。吹きつける雪の中を出撃してゆく南雲艦隊が目に浮かぶ。祖国の将来はひたすらこの戦いにかかっていたのだ。それなのに……俺は何もできなかった。

悔しさに胸をかきむしられ、安彦大尉の意識が戻った。

寒い。だが、沈降はまだ続いていた。鋼鉄の枢が落ちてゆくのだ。みしりみしりと船体がきしんでいる。つぶされるのは時間の問題だった。

青白い顔が浮かびでた。頭から血を流して目をとじた玉田兵曹長だ。名前を呼んで揺すると、首がぐらりと前に落ちた。

しかし、この明かりはどこから来るのだろう。頭上からかすかに差しこんでくる。潜望鏡をのぞいた瞬間、眩《まぶ》しさに目を閉じた。

何かもやもやした発光体が潜望鏡の前を漂っている。不定形で大きな海月《クラゲ》のようだ。大きく青白い微光を放っている。なんなのだ、こいつは？

安彦大尉の想像力はそれ以上には及ばなかった。思わず安彦の手は魚雷の発射スイッチにかかっていた。むろん作動しない。

艇がぐらりときた。それまでの流れとは違う。潜望鏡の視界が発光体にふさがれている。安彦は艇が何かに捕まったことを知った。

特殊潜航艇はどこかへ運ばれてゆく。

今度は海底の山が見えた。いくつも連なって、その間に断層が走っている。断層の溝《みぞ》はまさしく暗黒だ。深度計の針がちらりと見えた。深度一二〇とあった。

さらに降下してゆく。特殊潜航艇は光に包まれながら、断層に落ちこんだ。深度は一五〇を超えているだろう。潜水可能深度をとうに超えている。リベットからは水が滲み始めていた。

断層の壁に洞窟があった。安彦艇は光る物体に包まれて、その中にゆっくりと連れこまれていった。

むろん自分の艇がどこへ引きこまれていくのか、大尉には見えない。

特殊潜航艇の動きが止まった。何かに乗りあげたらしい。

安彦大尉は覚悟を決めて、艇のハッチを開けた。途端に鼻をつく異臭が肺に流れこんだ。凄《すさ》まじい臭いに思わず咳こんだが、悪臭だろうと、ともかくも空気があるのはありがたかった。ここはどこだと、とっさに考えた。艇はひたすら沈んだはずだ。浮上したということはありえない。空気があるとするなら、海底の洞窟以外は考えつかなかった。

安彦大尉は艇を出た。脚が長いこと座していたためか萎《な》えてしまい、艇から転げ落ちた。起き上がって、あらためて周囲を見回した。

天井は恐ろしく低い。三方向は壁面が見えているが、一方は真の闇だった。岩場に乗りあげた形で特殊潜航艇はやや斜《なな》めに止まっていた。艇の下半分を水に浸している。外界への窓がその水たまりなのだろう。それにしても明かりはどこから来るのか。

その理由が知れた。水たまりが光っている。のぞきこむと、海底のトンネルの壁面が揺らいで見えている。

彼の脚が何か枯れ木のようなものを蹴《け》った。海草の干上がったものか。それとも貝殻《かいがら》か……。

それは大きな魚の骨だった。それもひとつやふたつではない。魚の骨が山をなしている。鮫かイルカか。頭部や尾は付着している。頭部にはまだ腐肉が残っていて、それが悪臭を放つのだった。骨と骨の間を蟹《かに》かフナムシが這い廻っている。透明な蟹だ。目の部分が真っ白なのは、この深海では視力が必要ないからだろう。

骨の山がぞろりと崩れ落ち、その下から虚ろなふたつの目がのぞいた。安彦大尉がとびすさると、丸いものが転げ出てきた。

人間の髑髏《どくろ》である。両眼はぽっかりと開いて、なかからヤドカリのようなものが這い出した。安彦大尉は慄然《りつぜん》として口を喘がせた。

その側にきらめくものが落ちてきた。安彦大尉は恐怖を抑えながら光るものを取りあげた。四隅に向かって末広がりになった鉄製の十字架である。後ろ側でネジでとめるようになっている。

安彦大尉は見覚えがあった。これはドイツ軍の鉄十字章だ。勇敢な働きをした軍人に与えられるものだ。

するとこの髑髏はドイツの軍人のものなのか。太平洋の海底にどうしてドイツ軍人の髑髏があるのだろう。深く考える余裕はなかった。岩かげから何かがぞろりと姿を現わした。人間のようでもある。両手を突き出し、ぞろりぞろりと進み出た。

身体中に鱗《うろこ》が生え、脚と手には水掻《か》きがついていた。頭部は戦国時代の兜を連想させた。襟《えり》が振幅を繰り返している。襟と見えたのはエラだったのだ。

安彦大尉は短刀の鞘をはらい、切りかかった。鱗に当たって弾かれた。相手の手が安彦大尉の首に伸びる。

大尉は鱗の隙間を狙い、短刀を力まかせに突き刺した。緑色の液体が吹きだし、怪物はたじろいだ。だが、すぐに立ちなおって、掴みかかってくる。

安彦大尉は力が抜けてゆくのを覚えた。エラのあるトカゲがのぞきこんでいる。その顔が笑ったように思えたのは錯覚《さっかく》だろうか。ふたたび両手が伸びた。ビシリと鈍《にぶ》い音がした。相手の指の先端から鋭《するど》い爪《つめ》が飛び出した音だった。安彦大尉は死を覚悟した。

その時、怪物の頭ががくんと左に曲がった。

怪物の背後に玉田兵曹長がいて日本刀を振り下ろしたところだった。

「兵曹長！」

怪物の首にぱくりと口が開き、そこから腐臭を帯びた黒い液体が噴き上がった。その背中を玉田が蹴り倒す。液体が彼の頭に降りかかった。

「艇長、早く逃げましょう」

玉田兵曹長が安彦大尉の手を引いて、特殊潜航艇に走った。

「しかし、艇は故障しているじゃないか」

「直しましたよ。接続線が一本切れていただけのことです」

怪物が両手をついて頭をあげた。ゆらりと揺らいで、向きを安彦大尉たちに変えた。

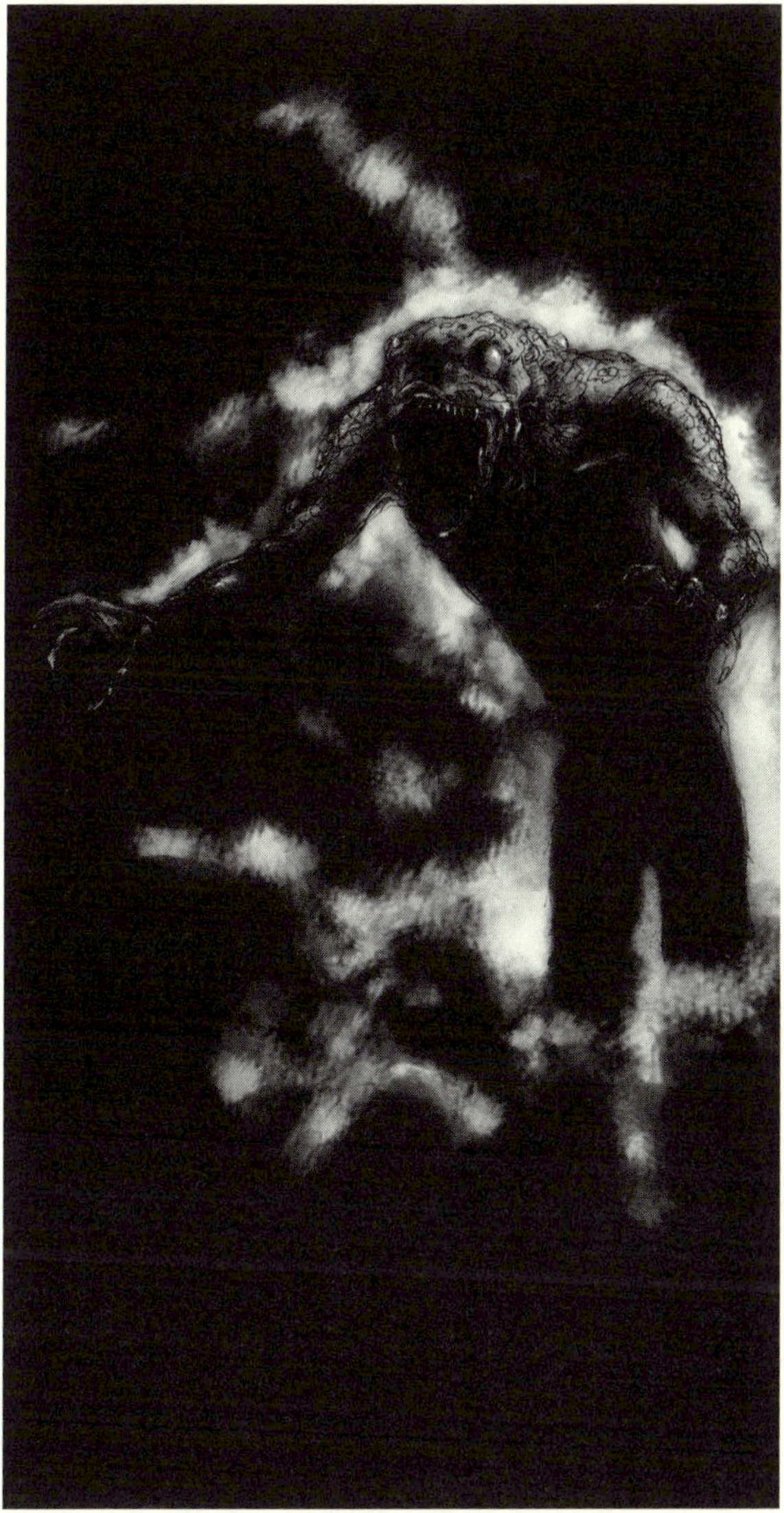

玉田に急かされ、特殊潜航艇に這い登る。玉田が続こうとして、怪物に足を掴まれた。安彦が飛びおりて、怪物の頭を蹴りつけた。玉田の手を引いてハッチに向かう。ふいに兵曹長の身体から力が抜けた。

「艇長、逃げて……」

「来るんだ」

「駄目だ、置いていってください」

「莫迦な」

安彦大尉は玉田兵曹長の身体をハッチの中に押しこもうとした。怪物の手が伸びて、兵曹長の首を掴み、ねじ切った。

「玉田！」

怪物は頭を放り投げ、首をなくした遺体の脇腹に食らいついた。安彦大尉は艇に入りハッチを閉めた。始動のスイッチを入れるとスクリューの回る手応えが伝わってきた。

後進に入れ、必死に操縦桿《かん》にしがみついた。海底洞窟を抜け出ることができるかどうかわからない。南無八幡大菩薩《なむはちまんだいぼさつ》。神に祈るばかりだった。

後にこう呼ばれる「特殊潜航艇」こと「A標的」五隻は、全て未帰還となった。乗員一〇名のうち死亡と見なされた九名は軍神とされた。

4

軍令部次長の伊藤整一《せいいち》中将が、連合艦隊司令部のある大和に山本五十六大将を訪ねたのは昭和十七年四月のことであった。木更津から飛行艇でやってきたのだ。

　大和は呉の外にある柱島沖に停泊していることが多く「柱島艦隊」と地元では呼ばれて親しまれていた。

　瀬戸内の海には春が訪れつつあった。吹く風はぬるみ、山肌には新緑がめばえようとしている。赤いのは桜の花であろうか。

〈軍令部〉は陸軍の〈参謀本部〉と一対をなす、天皇の幕僚機関である。海軍全般の基本方針策定《さくてい》にあたる中枢《ちゅうすう》的部署である。軍令部総長は天皇直属の幕僚長にあたるから、次長は部内の事務統括《とうかつ》の実質的な最高責任者だった。

　軍令部と並列するのは海軍省である。連合艦隊司令長官は天皇直属の海軍実戦部隊の最高指揮官であり、戦闘に関しては全責任を負うが、『艦隊令』により、作戦の基本に関しては軍令部総長、軍政に関しては海軍大臣の指示を受けるとされている。

　伊藤整一は海軍兵学校では山本五十六の七期後輩である。山本が霞ヶ浦《かすみがうら》航空隊の教頭だった時、伊藤は直属の部下だった。山本が米国大使館付武官でワシントンにいた時、伊藤も一緒だった。山本が海軍次官になると伊藤は人事局長、山本が連合艦隊司令長官になると参謀長。縁は深かった。開戦には反対だったが、山本五十六が一転して真珠湾奇襲を計画すると、軍令部にあって、戦争遂行に努力してきた。

　伊藤が艦長に案内され長官室のドアをノックすると「入りたまえ」と返事があった。

山本五十六大将は腕を後ろに廻し、窓外に目をやっていた。呉の軍港内にも柱島沖にも、海軍の艦船が出撃準備を終えていた。このあわただしい時期、連合艦隊司令長官が単独で伊藤整一と会うために時間を取れたのは奇跡といってもいい。

「われわれは間もなくミッドウェーに出撃する。だから今のうちに君に会っておきたかった」

「は」

伊藤整一は直立不動で山本の前に立った。伊藤は長身である。まるで英国紳士のようにスマートで凛々《りり》しかった。九州福岡の出身だ。新潟県長岡出身のいかにも日本の武将といった風格の山本五十六とは対照的なイメージだった。

ハワイ真珠湾奇襲は大成功だった。アメリカ太平洋艦隊は八隻の戦艦と巡洋艦その他、そして飛行場、港湾設備を失った。当分太平洋艦隊は攻勢に出ることはできないだろう。

日本海軍は一〇日にはマレー沖で英国東洋艦隊の戦艦レパルスとプリンス・オブ・ウェールズを撃沈、同日海軍陸戦隊はグアムを占領のあとフィリピン北部に上陸した。

日本中は緒戦《しょせん》の勝利に湧きに湧いた。

十二月にはタイとの同盟条約が調印され、香港の英軍も降伏した。昭和十七年の正月は戦勝気分のまま浮かれて過ぎてゆく。正月二日には日本軍はマニラを占領、ついでビスマルク諸島のラバウルに上陸した。シンガポールの英軍が降伏したのは二月一五日のことだった。

日本軍は破竹のいきおいで南下した。三月にはニューギニアを占領、ジャワのオランダ軍が降伏、四月には海軍機動部隊はインド洋に進出、コロンボを空襲して英軍の巡洋艦二隻を撃沈した。

だがこの月、航空母艦発進の米陸軍機一六機が、東京。名古屋、神戸などを初空襲して、日本人の心胆《しんたん》を寒からしめた。真珠湾で撃ちもらした三隻の空母が動きだしたのだ。

南雲艦隊の真珠湾攻撃時、空母エンタープライズはウェーキ島に飛行機を運んだ帰途《きと》でオアフ島の西方二〇〇海里（約三七〇キロ）に、レキシントンは飛行機を満載してミッドウェーに向かい南東四二〇海里にいた。サラトガは米本土西海岸で修理中だった。

ここはどうしてもアメリカ軍の空母を叩かねばならなくなった――。

五月に入って、ビルマのマンダレーを占領し、ミッドウェー島、アリューシャン列島西部も攻略、マニラ湾のコレヒドール島の米軍も降伏した時、海軍は敵艦隊の撃滅に全力を投入した。五月七日から八日にかけて行なわれた珊瑚《サンゴ》海海戦は、日米機動部隊初の航空戦となった。この戦いで日米は空母を一隻ずつ失った。

この比率でいけば、国力に劣る日本はいずれアメリカに負ける。山本五十六は米機動部隊をおびきだして一挙に撃滅《げきめつ》しようと計画した。それがミッドウェー作戦だった。

二月には、連合艦隊の旗艦は戦艦長門から、新造艦大和に変更されている。

二隻の巨大艦建艦計画に基づき第一号艦が起工したのは、昭和十二年十一月四日であった。進水したのが十五年の八月八日。この時、初めて「大和」と命名された。

その後艤装を施し、十六年の十月公試運転のあと十二月一六日に竣工、海軍に引き渡された。

戦艦は原則として対で造られる。大和の姉妹艦二号艦武蔵が、竣工して戦列に加わるのは翌年のことである。


山本は伊藤整一に葉巻を勧めた。伊藤は丁寧に断った。山本大将はデスクの上に置かれた革鞄から新聞を取り出して、伊藤の前に置いた。

「これは今日入手したニューヨークタイムズだ。『日本兵捕虜第一号』と大々的に書いてある」

伊藤整一は受け取って読んだ。写真入りである。頭に包帯を巻き、顔は腫《は》れあがっている。目は虚ろだった。

「安彦大尉は『A標的』搭乗を志願した勇敢な若者だ。そのことはこの記事にも書かれている。敵ながらアッパレ。しかし、愚かな作戦とな」

「生きて虜囚《りょしゅう》の辱《はずかし》めを受けずと教えこまれているはずですが」

「莫迦なことだ。おかげで勇敢な若者が非国民として非難されることになる」

「いや、存在自体が黙殺されるでしょう。帝国軍人にそんな軟弱者はいないとして。しかし、捕虜になったということは、A標的も相手に知られてしまいましたね」

「攻撃に失敗して座礁《ざしょう》してしまったのだ。残念だが、しかたがない。それより、わたしが気になるのはこの部分だ。安彦大尉は発狂しており、手に

占守型海防艦

ドイツ海軍の鉄十字章を握りしめていたと書かれている。これを君はどう思うね」

「安彦大尉がドイツの軍人と会う機会はなかったと思いますが。まして勲章《くんしょう》をどうして持っていたのか、わたしにはわかりません」

「うん……」

「何か思い当たることでもおありですか」

「想像だがな。〝やつら〟のことだ」

「はあ」

「インド洋で伊号潜水艦が収容したドイツ将校の遺体には首がなかった。勲章はその首にかかっていたとは考えられないだろうか」

「まさか。インド洋とハワイでは地球を半周するほど離れています」

「確かにそのとおりだが、それはわれわれ人間の立場からの話だ。カナーリス提督の手紙では、〝やつら〟はシベリアから来たのだ。インド洋のUボートを沈めたのが〝やつら〟だとすると、太平洋の真ん中に現われてもおかしくはない。〝やつら〟から見れば、同じ海なのだ」

「確かに……」

「君を巻きこんでしまって済まないと思っている。幸か不幸か〝やつら〟のことは、アメリカはまだ気づいていない。大和は連合艦隊の旗艦として出撃する。君は軍令部にいる。外地の情報が逐一入る要職だし、当分前線に出ることはないだろう。情報の中に〝やつら〟の暗躍《あんやく》する徴《しるし》が認められたら、前線のわたしに知らせてほしい。

わたしが戦死した時には、次の連合艦隊司令長官がこの問題を扱う。その時にも君には新長官のもとで働いてもらいたいのだ」

「戦死など、とんでもないことをおっしゃらないでください。長官なくして連合艦隊はありえません」

「莫迦いってはいかん。海軍には優秀な将官が大勢いるよ。君もそのひとりだ。わたしを買いかぶらないでくれ。それに……」

山本の眉《まゆ》がふとくもった。

「わたしは日米戦争に反対だった。それなのに引き金をひいた。あとは海戦に勝つしかない。圧倒的勝利を得た段階で、講和に持ち込む。その見極めをつけるのも君たち軍令部の仕事だよ」

「……長官、ご心配なく。あとのことはお任せください」

山本五十六は深くうなずいた。

第三章　ミッドウェー

1

ミッドウェー諸島はハワイ諸島の北西一五〇〇キロにあり、ミッドウェー環礁《かんしょう》とその内にある二つの島からなるちっぽけな環礁の島である。

日付変更線に近く、アメリカ、アジア両大陸の中間にあるところからミッドウェーと命名された。直径一〇キロの環礁は天然の良港であり、ハワイを侵されたアメリカ海軍の反攻の拠点として絶好だった。もちろんアメリカの領土である。

これまでの日本軍の進撃は、北はアリューシャン列島から南はマーシャル諸島をへてソロモン諸島まで及んでいたから、ミッドウェー諸島は、日本軍の進撃境界線からわずかに出たところでしかない。

連合艦隊は乾坤一擲《けんこんいってき》、このミッドウェー攻略に賭けた。ハワイで空母を討ちもらしたとはいえ、連合艦隊はこの時点ではまだ敵を上回る戦力を有していた。

山本の戦略は、ここに米空母を誘い出して徹底的に叩く。そうすることによって、日本本土への空襲を不可能にし、アメリカ軍の反撃の時期を遅らせるというものだった。

昭和十七年五月二七日、南雲忠一《なぐもちゅういち》中将率いる第一機動部隊は広島湾から出撃した。

旗艦は空母赤城である。空母はほかに加賀、飛龍、蒼龍、戦艦二、重巡二、軽巡一、駆逐艇一二。これに第二艦隊司令長官近藤信竹中将指揮の空母瑞鳳《ずいほう》以下の攻略部隊が続く。

迎え討つ米側のミッドウェー守備隊には海兵隊四〇〇〇人、急降下爆撃機、哨戒機など一二一機の飛行機があるきりだった。これは大したことはない。

問題は、駆けつける敵空母群だった。スプルーアンス少将率いる空母エンタープライズ、ホーネット、そしてフレッチャー少将率いるヨークタウン。

日本側空母五隻、米側空母三隻。

これだけでも日本側は有利であるのに、さらに第一機動部隊の後方四八五海里(九〇〇キロ)に、新鋭戦艦大和を旗艦とする山本五十六大将率いる連合艦隊主力部隊が続いていた。この中には空母鳳翔《ほうしょう》が含まれている。


上陸部隊輸送船や潜水艦部隊を加えると、艦艇三五〇隻、航空機一〇〇〇余、参加将兵は一〇万人の大作戦だった。

ところが大和では、ちょっとしたアクシデントに見舞われていた。

「長官、まだ痛みますか」

首席参謀の黒島亀人大佐が声をかけた。大和の艦橋司令室である。

山本五十六大将はうっと呻いただけで将棋盤を見つめた。痛みをこらえている証拠には、駒を握りしめた手の甲に脂汗《あぶらあせ》が浮いていた。

山本五十六は原因不明の腹痛に悩まされていた。痛みをまぎらせるために黒島大佐と将棋を指していたのだった。

出撃時には何でもなかったのに、おかしなこと

であった。きりきりと断続的に襲ってきて、思わず腹を押さえてしまう。軍医が呼んでこられたが、

「盲腸炎《もうちょうえん》ではないようです。回虫《かいちゅう》か何かでしょう」

という診たてだった。

薬を飲まされたが、痛みは一層ひどくなるだけだった。作戦中であり、司令長官が病気では艦隊の士気に影響する。そのため、司令長官の異常は司令室の参謀だけが知っていた。

九〇〇キロ先の南雲攻略部隊は、すでにミッドウェーに近づいている。深夜にはミッドウェー攻撃圏に入る予定だ。その間は傍受《ぼうじゅ》されないよう、無線封鎖《ふうさ》がなされている。司令長官山本五十六にできることは……待つだけだ。


「長官、横になられてはいかがでしょう」

黒島亀人大佐が心配そうにいった。

「かまわん、続けろ」

山本五十六はそういって、飛車をぴしゃりと置いた。

「王手だぞ」

「困りましたな」

黒島は頭をかいた。敵が腹痛ということで油断したのだ。黒島は王を金と銀の間に移動した。

飛車が飛びこんできて、裏返しになり、銀の横に止まった。

「うん」

黒島大佐はうなった。王は銀の反対側に逃げるしかなくなった。山本は汗ばんだ手に金を持っている。これを指されたら『詰め』である。

「どうかな」

と山本が顔をしかめながらぎろりとにらんだ。

「ますます、困りました」

この黒島の苦境を救ったのは通信兵だった。

「大本営から電信です」

黒島大佐が将棋盤の前から立ち上がって電信を手にした。

『敵機動部隊らしきものがミッドウェー方面に行動中との情報あり、注意せられたし』とあった。

「やはり現われたか」

「南雲部隊に転送せんでいいかな」

山本五十六がいった。

「無線封鎖を破ってまで、打つ必要はないでしょう。南雲長官も当然、予想されていることですから」

黒島大佐がいった。

「そうかな」

「それに、きっと旗艦赤城も同じ文面を受け取っていると思われます」

一瞬、山本の腹痛がました。きりきりと鋭いものをねじこまれた感じで、額に脂汗が浮き出した。『黒島大佐のいうとおりだろう』と山本は思った。

結局、無電は転送されることはなかった。

腹痛がおさまると、山本はもはや将棋盤には戻らず、艦橋から霧に包まれた夜の海を見やった。

無電は転送すべきだったのではないかと後悔《こうかい》した。腹痛のあまり、つい気後《きおく》れして、黒島大佐の進言を受け入れてしまった。

不安が黒い霧のように湧き上がる。決戦を前にした緊張のためだろうか。不安の原因を自ら冷静に考えてみた。思い当たった。

南雲の表情だった。

あの時……。

五月二二日のことだ。ミッドウェー攻略に関して、連合艦隊と南雲機動部隊の幹部で最終的な打ち合わせが行なわれた。

宇垣纏《うがきまとめ》参謀長が南雲忠一中将にたずねた。

「ミッドウェー基地に空襲をかけている時、敵基地空軍が赤城を急襲してくるかもしれない。その準備はどうなされる？」

「その時は……」

南雲は思わず航空参謀の源田実中佐を見た。

源田中佐は胸をそらせていった。

「わが戦闘機隊にすれば、そのようなものはまさに鎧袖一触《がいしゅういっしょく》です。どうということはない」

「なんだと」

山本は宇垣参謀長の顔を見なおした。

源田中佐はハワイ真珠湾攻撃を立案して、成功させた男である。航空機の優越をとなえ、山本の片腕ともいえる男だ。この男にしてこのような尊大《そんだい》な言葉を吐いたことが、山本には不吉なものに思われた。

「中佐、鎧袖一触などと不用心な言葉を吐くものではない！」

山本五十六の言葉はきついものになった。

「実際にそのような奇襲があった時のことを考えて、どう対応するのか、しっかりした計画を持っていてもらわねば困る。赤城ばかりではない。他の空母も同じことだ。

敵はもはや真珠湾の時の敵とは違う。手ぐすね引いて連合艦隊を待ち受けているのだ。甘く見るな」

「不注意な言葉でした。お詫びします」

源田中佐は目を伏せていった。重ねて、山本五十六は幹部を見廻しいった。

「この作戦の真の目的を忘れないでほしい。われわれの目的はミッドウェー侵攻ではない。そこを衝《つ》かれて顔を出した敵空母を撃滅することが目的なのだ。われわれは真珠湾で空母を討ちもらした。真珠湾の遅れをここで取り戻す。

いいか、目標は敵艦隊だ。ミッドウェー島ではない。決して本末転倒にならぬよう。だからミッドウェー島を攻略中も、攻撃機の半分には必ず魚雷をつけて待機させるのだ」

源田中佐は、真珠湾攻撃における己れの失点をつかれて顔を赤くした。この男には山本の言葉がよくわかったらしい。だが、南雲は……。

南雲忠一中将は髪が薄い。日焼けした顔に年輪を刻んだ、いかにも野武士の雰囲気を残した将軍だった。寡黙《かもく》で気持ちを表情に出すことはない。この時もただ黙って、うなずいただけだった。

あの時、南雲は山本の言葉を理解できなかったのだ。ミッドウェー攻略はどうでもいい。要は敵の空母を叩くことなのだ、ということが。

まじめ一本の南雲には、無理もないかもしれない。五月五日に発令された『大海令』には、はっきりと『連合艦隊司令長官は陸軍と協力しミッドウェー島を攻略すべし』とあったのだから。真の目的が敵艦隊をおびきだして叩くことにあっても、それを明文化すれば、こういう表現になってしまうのだ。

南雲は実直そのものの海軍軍人だ。臨機応変《りんきおうへん》が利かないが、決まったことはきっちりとやり遂げる。陛下の信頼も厚い。その南雲は山本の腹のうちが読めなかった。

山本の腹痛が、またひどくなった。今度は痛みに冷たい寒気のようなものが加わっている。

南雲がもしミッドウェー攻略と空母撃滅の二兎《にと》を追うようなことがあれば、重大な事態を招く恐れがある。

やはり、駄目押しのためにもアメリカの空母がミッドウェーに近づいている情報を赤城に流すべきだった。大和の艦橋はアンテナが高いから大本営の無線を受け取ることができた。しかし赤城は、空母ゆえにアンテナが低い。赤城が大本営の無線を受け取らなかった確率は高いのだ。

山本五十六の背筋を冷たいものが流れた。いたたまれなくなったが、表に出すわけにはいかない。山本は長官椅子に腰を下ろした。

2

六月五日午前一時三〇分（現地時間午前六時三〇分）、南雲機動部隊から飛行隊長友永丈市《ともながじょういち》大尉率いる第一次攻撃隊一〇八機がミッドウェーに向かって飛びたった。九七式艦攻三六機、九九式艦爆三六機、零戦三六機の大編隊だった。

それと前後して索敵のため、赤城、加賀から九

97 式戦闘機

99 式双発軽爆撃機

七式艦攻、榛名、利根、筑摩から零式三座水上偵察機の全七機が発進した。

第一次攻撃隊は二時間後、朝日が昇る中、ミッドウェーの小さなふたつの島に攻撃をかけた。米軍機は全機いちはやく離陸していて留守、後《のち》にこれらの米軍機は日本空母に数回にわたって攻撃を仕掛けるが、零戦に撃墜《げきつい》された。

一方、待ち伏せの態勢をとっていた米機動部隊は、日本の第一次攻撃隊発進と同時刻に索敵機を発進させ、日本空母の位置を確認すると、すぐさま空母攻撃隊を発進させた。

第一次攻撃を終えた友永飛行隊長は攻撃不十分と判断し『第二次攻撃の要ありと認む』と赤城に打電した。午前四時一〇分のことである。

報告を受けた赤城では、索敵機からの報告がないのでやきもきしていた。索敵機が索敵線にかかる四時一五分になっても、敵空母発見の報告はない。ミッドウェー付近には敵の空母はいないのではないか？

第一航空艦隊参謀の草鹿龍之介少将は迷った。こんな時、淵田美津雄中佐と源田実中佐が元気でいてくれたら、よき判断材料を指摘してくれるのではないかと彼は思った。

内地を出航して間もなく、淵田中佐が盲腸炎を起こし艦内医務室で手術を受けた。本来なら第一攻撃隊の隊長である。かわって友永大尉が出撃、淵田中佐は現在かろうじて発着艦指揮所の椅子に座っている。

また源田中佐は風邪で軽度の肺炎状態にあった。兵たちの士気にかかわるからと時折艦橋に姿をみせるきりで、発熱のためまるで元気がない。

「長官、第二次攻撃隊を発進すべきだと思います」

草鹿龍之介少将は、出撃前に連合艦隊司令部から、今回の出撃目的はミッドウェー攻撃といわれていたことから、南雲中将にミッドウェー攻撃優先を進言した。

南雲はただちに第二次攻撃隊の艦爆の兵装を魚雷から陸上攻撃用の爆弾に転換させた。山本の『艦隊撃滅優先』の方針がわかっていなかったのだ。

転換作業が終わった四時二八分になって、遅れて発進していた索敵機から『敵らしきもの一〇隻発見』の報が入った。

一〇隻が敵空母かどうか。南雲は確認を急がせたが、貴重な時間がここで消費された。

四五分になって艦爆の兵装は、陸上攻撃用爆弾から空母攻撃用の魚雷に再び変更される命令が下された。

「危険だ」

第二航空戦隊司令官山口多聞少将は、飛龍の艦橋で見て取った。

「今、敵が空襲してきたら、味方は壊滅する！」

山口多聞第二航空戦隊司令官は南雲忠一中将あて発光信号を送った。

『現装備のまま攻撃隊ただちに発進せしむるを正当と認む』

赤城から返電はなかった。南雲中将は無視したのである。

そこへ燃料切れ間近の第一次攻撃隊が戻って

連合艦隊を攻撃する米海軍ドーントレス爆撃機

きた。各空母は、第一次攻撃隊機着艦のため、兵装の変換を終えていた第二次攻撃隊機をいったん格納庫に降ろさなければならない。

各空母は極度の混乱状態に陥《おちい》った。この間三五分間である。

午前七時二〇分になって、ようやく第二次攻撃隊が兵装を終え、発艦準備が整い、赤城の艦上にも九七式艦攻一八機が並び、プロペラが回り始めた。

間に合った。

その時、連合艦隊の全海域に黒い影が浮き上がった。生じた現象はさしたるものではなかった。不可解な波が艦隊をゆすっただけだ。だが、突如生じた波は一〇メートルを超していた。兵員は転がり、機体は滑った。

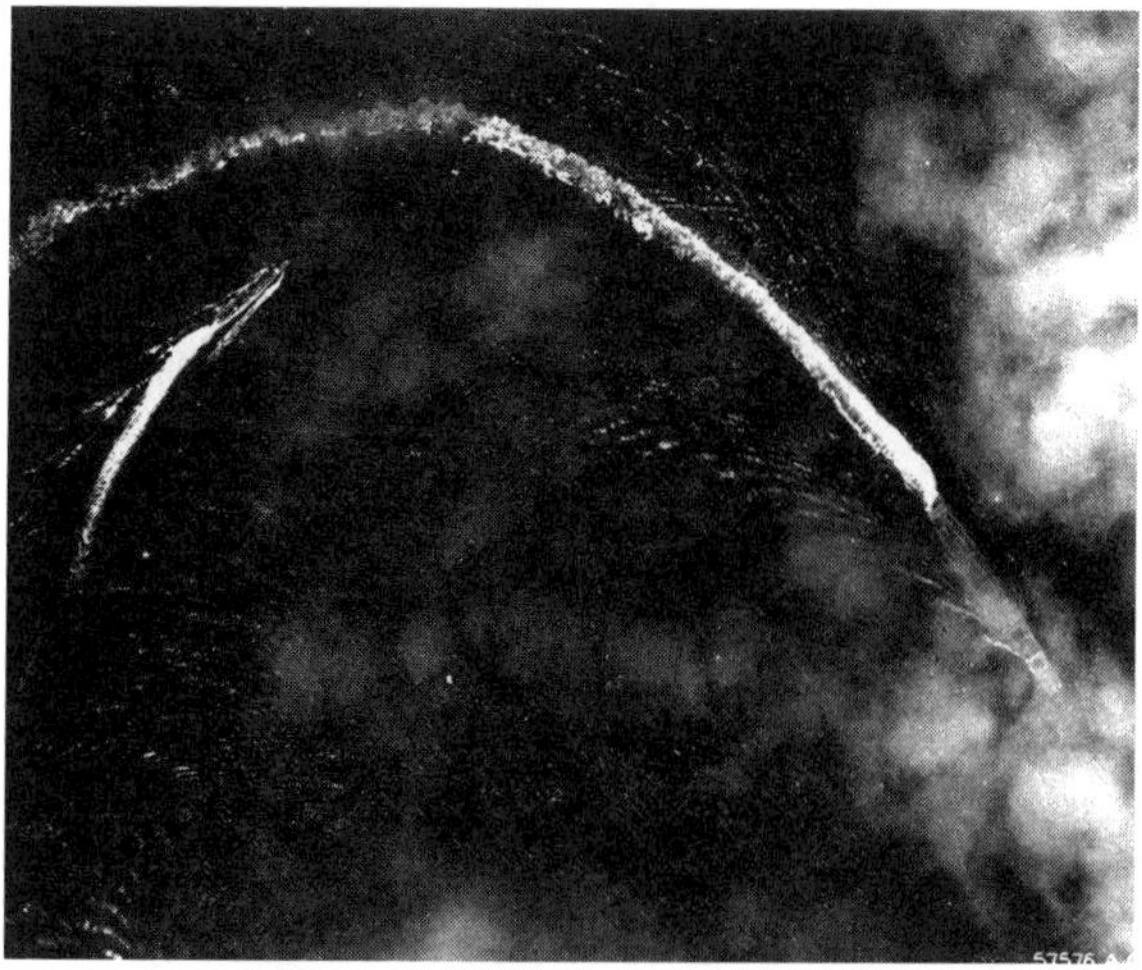

B-17爆撃機の攻撃を受け、回避行動中の空母「赤城」

この間、約三秒。そして、米空母から発進したドーントレス急降下爆撃機二七機が襲いかかった。

悪夢としかいいようがなかった。海は平然と凪いでいた。

甲板の艦攻は次々と火を吹き、赤城は猛火《もうか》に包まれた。同時に加賀と蒼龍も立て続けに米軍機の攻撃を受けた。

帝国海軍の虎の子の空母三隻は一瞬にして、炎上したのである。

旗艦赤城が沈没寸前になったので、南雲中将は軽巡長良《ながら》に移乗した。この間第一機動部隊の指揮は、第八艦隊司令官阿部弘毅少将が重巡利根からとることになったが、その命令を待たず果敢に敵方に向かって進撃したのが、飛龍の山口多聞《たもん》少将

空襲下の空母「ヨークタウン」

と艦長の加来止男大佐だった。

全速で突っこむ飛龍。重巡利根はあわてて飛龍の後を追った。

飛龍は直ちに友永大尉を飛行隊長とする第二次攻撃隊（艦爆一〇機、零戦六機）を出撃させ、米空母ヨークタウンを大破、総員退去まで追いこんだ。

3

三空母炎上の報を山本五十六は大和の艦橋司令室で受けた。思わず「うっ」と呻きが洩れた。

その場にいた参謀たちは言葉もなかった。

「飛龍はまだ健在なのだな。そして、敵空母はエンタープライズだけなのだな」

と山本は訊き返した。

「は」

黒島参謀長は答えた。

山本はそれを確認すると、アリューシャン方面の第二機動部隊に急ぎ南下を命ずるとともに、水上部隊にミッドウェー北方の米艦隊の攻撃を下令した。

そこへ、さらに一群の敵空母部隊発見の報に接した。敵空母はこれで二隻になった。

『まだ勝機はある』と山本は思った。そのためにはミッドウェー基地の航空兵力を今夜のうちに叩き潰《つぶ》しておかなければならない。

一〇時一〇分、山本は第二艦隊司令長官近藤中将に対し『攻略部隊は一部兵力をもって、陸上航空基地を砲撃破壊すべし』と下令した。近藤長官は、ミッドウェーに一番近い海域にいるはずの第七戦隊重巡四隻に攻撃を命じた。

その第七戦隊の司令長官は、栗田健男少将だった。

4

「連合艦隊司令部は空母をなくして、頭がおかしくなったのではありませんかね。こんな遠くから駆けつけるなんて、まったく無謀な命令だ」

首席参謀の鈴木正金中佐は唇をゆがめ、煙草の煙を吐き出したが、煙は掻き消された。それほどに風が強い。第七戦隊旗艦・重巡熊野の艦橋だった。

　颶は艦橋の窓外を吹き荒れ、舳先に切り分けられた波が白く高く上がって、窓ガラスにかかった。

　栗田健男少将の指揮する第七戦隊重巡四隻は三五ノットの高速で、一路ミッドウェーに向かって突き進んでいるのだった。あまりに速い進撃のため、戦隊に付随《ふずい》していた速度の遅い第八駆逐隊は脱落していた。

　ミッドウェーの航空基地砲撃を下令された時、第七戦隊は予定より遅れた海域にいた。そのため、かろうじて夜明けまでに、ミッドウェーに着けるかどうかといったところだった。

　攻撃する余裕があるかどうか。ぼやぼやしていれば、明るくなって敵の猛攻を受けることは必至である。参謀の岡本少佐たちはあまりにも無謀な進出だと、第二艦隊司令部に砲撃中止を求めたが、なんの返答もなかった。

　栗田少将は司令官席で、艦首でくだけ散る豪壮《ごうそう》な波を、じっと見つめていた。

　栗田健男は水戸学者の次男として生まれた典型的な『水戸っぽ』だった。海兵三八期だが、海軍大学ではなく水雷学校を選んだ。駆逐艦、巡洋艦の勤務が長く、第一、第四、水雷戦隊司令部勤務の後、昭和十五年に第一水雷戦隊司令官に任命された。一貫して水雷畑を歩いてきた海の男だった。

「長官、砲撃計画を検討したいのですが」

　砲術参謀の岡本少佐が声をかけ計画書を差し出した。

「見せてみろ」

栗田は受け取って読み、熊野艦長の田中大佐と岡本参謀の顔を交互に見た。

「各艦五〇〇発、射撃距離一万、とあるが」

「できれば往復射撃でいきたいのですが……」

と岡本少佐がいった。

「万というのは遠すぎます。自分は思い切って距離八〇〇〇まで接近すべきだと思います。そのほうが射撃効果があがりますし」

田中艦長が岡本少佐の言葉を補足した。

「しかし、ぐずぐずしていたら夜が明けて敵機に狙われる。攻撃は一航過だけにしましょう」

首席参謀の鈴木中佐が結論づけようとした。

「だめだ」

それまで無口だった栗田健男少将は、強い口調でいった。

「よし。各艦千発、距離五千、往復攻撃でいく」

「危険です。そんな近くでは」

岡本少佐がいって参謀たちを見た。参謀たちも同じ表情だった。

「かまわん。あの島には……魔物が控えておるのだ」

「魔物、ですか」

鈴木少佐が訊き返した。栗田は一瞬うろたえた風だったが、

「米軍の魔物どもが控えているのだよ」

と言い換えた。

栗田少将の第七戦隊は、舳先が切りわける波しぶきを月光にきらめかせながら、強引な進撃を続ける。

その日の夕刻、山本五十六は第七戦隊支援のため、ミッドウェー偵察に来ていた伊一六八潜水艦に、深夜の陸上基地砲撃を命じた。午後十一時以降は栗田少将の第七戦隊に合流すべしとの電令だった。

この命令を受けて伊一六八潜水艦は、午後一〇時二四分、ミッドウェー島めがけて一〇センチ砲を発射した。

闇夜なのでなかなか目標に当てることができない。目標位置を変えて七発ほど撃ったところで、艦長田辺弥八少佐は眼を疑った。

「なんだ、あの黒いものは」

黒々とした雲が湾の上空に湧き上がるのが見えた。

「敵機の編隊でしょうか」

副長がいった。

みるみるこちらに接近してくる。まるで巨大な入道である。ずんぐりした首、長い両手を伸ばして、潜水艦に掴みかかろうとしている。

艦長の背筋を冷たいものが走り抜けた。生臭い風が吹きつけてくる。

「機銃射て!」

艦橋下部に装備されている機銃が黒雲めがけて火を吹いた。

雲を射っても無駄だった。黒い腕が両舷から伊一六八を抱え上げた。潜水艦乗りには絶対にあり得ない出来事が生じた。伊一六八は宙に浮いたのだ。悲鳴すら上げる者もない。これは現実ではなかった。為す術もないまま、一〇メートルも上がった。

そのとき、巨人に動揺が走った。今度は悲鳴が上がった。船は落ちた。衝撃が全員を宙に浮かせた。艦内にいた乗員の大半が天井に頭を激突させて失神状態に陥った。

痛む頭を押さえてる艦長の耳に、

「右前方に哨戒艇！」

報告が入った。

敵だ。それが彼らを救ったのだ。黒いものは消えつつあった。

「急速潜航！」

ぐずぐずしてはいられなかった。伊一六八潜水艦は潜航した。

頭上で爆雷が破裂する衝撃が伝わってくる。伊号潜水艦は必死で戦場を離脱していった。

その頃、頼みの飛龍もまた、エンタープライズ発進のドーントレス急降下爆撃機二四機の攻撃を受けて、戦闘不能におちいった。友永飛行隊長はヨークタウン攻撃中に戦死した。

飛龍の被爆は決定的だったが、山本五十六は反撃の闘志をまだ捨てなかった。

夜戦は可能だ。空母は戦えなくなったが、高速戦艦霧島、榛名がいる。重巡利根、筑摩がいる。後続にも重巡愛宕《あたご》、鳥海《ちょうかい》、妙高、羽黒《はぐろ》、熊野、鈴《すず》谷《や》、三隈《みくま》、最上《もがみ》があるではないか。何よりも、日本が世界に誇る隠密破壊兵器、酸素の魚雷が活躍のときを待っている。それに、山本の主力艦隊も翌朝には着く。

しかし、大破した蒼龍が、加賀が、そして赤城があいついで沈没し、ついには飛龍が沈没して、夜戦の望みも潰えた。

　山口少将と加来艦長は、沈みゆく飛龍と運命をともにした。

　午後九時一五分、山本五十六司令長官はミッドウェー攻略作戦の中止を決意した。

『攻略部隊、第一機動部隊は主隊に合流すべし』

　伊一六八潜水艦が敵の追撃を振り切って浮上したのは、その日の夕刻だった。伊号潜水艦が海底を逃げ回っている間に、大破していた日本の空母があいついで沈没、栗田少将の第七戦隊の砲撃命令は取り消され、反転した。そのどさくさに最上と三隈が衝突、そこへ米機の攻撃を受けて三隈が沈没した。

　混乱状況の南雲艦隊に、第三水雷戦隊からの緊急電が入った。米航空母艦ヨークタウンが大破漂流しているというのだ。伊一六八艦長田辺弥八少佐は狂喜した。現場はすぐ近くではないか。

「いました、間違いなくヨークタウンです」

　副長がいった。艦長田辺少佐は自ら潜望鏡をのぞいた。

　間違いなく空母だった。斜めに傾《かし》ぎ、艦橋は炎上し、飛行甲板は黒煙を上げている。あたりに駆逐艦は見当たらない。

　艦内に緊張が走った。

「魚雷、発射用意」

「発射！」

　二本の魚雷が発射された。そうしておいて、伊号潜水艦は潜望鏡をあげたまま見守った。魚雷は二本とも空母の船腹《せんぷく》に吸い込まれる。誘爆《ゆうばく》したのか、空母は凄まじい噴煙《ふんえん》を上げて沈没した。

「やった！」

先刻の怪異を打ち消す「現実」での勝利に、田辺は拳《こぶし》を握りしめた。

これがミッドウェー作戦の大敗の中での日本軍の唯一の慰《なぐさ》めとなった。

5

内地へ向かう大和の艦橋で山本五十六はほぞを噛む思いをしていた。

それまでの腹痛はまったく治まっていた。何が原因か、結局わからずじまいだった。

同時刻、淵田美津雄中佐と源田実中佐が病にかかったと聞いたが、これも偶然すぎるではないか。〝やつら〟が指揮中枢を、とりわけこの山本の判断力を惑《まど》わそうとして引き起こしたものに間違いなかった。

ミッドウェー作戦は〝やつら〟の罠《わな》にかかった。しかも、かかったのはこの自分だ。栗田少将にも南雲中将にも、〝やつら〟の件は話してある。彼らがやがては大和を指揮することになるからだ。

連合艦隊司令長官の申し送り事項とはいえ、長官や参謀長、艦長の協力なくして策をめぐらせることはできないし、とりわけ大和に関しては、長官、艦長と幕僚、そして主砲発射指揮所の兵士は〝やつら〟のことを知ることが必要だ。〝やつら〟の〝仲間〟が天空から現われて東シナ海のD海域に突入するのは、いつなのか定かではないが、その時戦艦大和の四六センチ砲は、敢然《かんぜん》と〝仲間〟を撃墜しなければならない。

アメリカとの戦いに決着《けり》をつけられれば、〝やつら〟のことを公《おおやけ》にすることができる。その日が待ち遠しかった。それまでは、山本は〝やつら〟との戦いの全責任を負っている。その自分が〝やつら〟の罠にはまってしまった。

南雲はミッドウェーに〝やつら〟がいると勘づいた。だから、彼は米空母攻撃優先という山本の命令を知りながらも、攻撃目標が混乱したのだ。南雲は自分の命令を聞き逃したわけではなかった。南雲にはすまないことをしたと思う。

遅ればせながら、栗田中将の第七戦隊にミッドウェー島の〝やつら〟を攻撃させようとしたが、残念ながら遠くて戦いを挑むにはいたらなかった。伊号潜水艦に砲撃させたが、潜水艦の小さな艦砲では無理があった。

黒い雲のようなものが伊号に襲いかかったというから、〝やつら〟がいたことは間違いない。〝やつら〟は虎視眈々《こしたんたん》と、日本を敗北に導こうとしている。

山本五十六はカナーリス提督の手紙を思い出した。カナーリス提督は、〝やつら〟は東シナ海に巣くっていると場所まで指摘していた。調べてみると、その海域には巨大な鮫が出現して、潜水した将校の命を奪った。海の生物体系がおかしくなっているのだ。

ミッドウェーの敗戦により、戦争の行方はますます苦しいものになろう。南海が日本の支配下にあるうちに、自らが行ってみる他《ほか》はなかろうと山本五十六は思った。

4章　飢餓の島

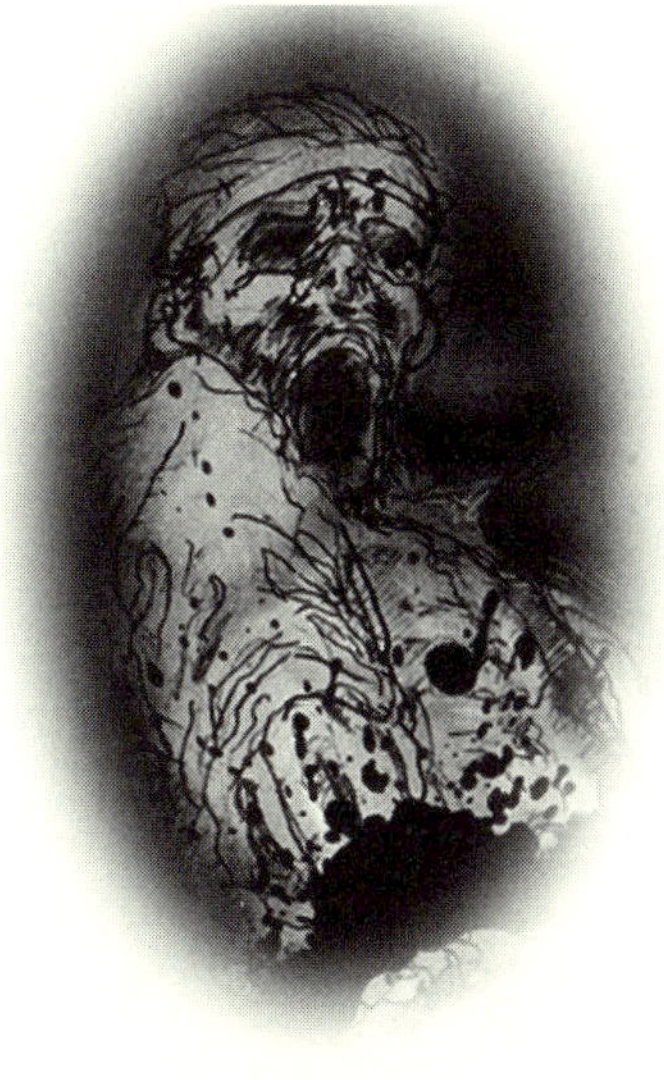

1

ぴしゃりと水音がして、衛兵《えいへい》の如月豊軍曹は下生《ば》えの中に顔を伏せた。途端《とたん》に蚊が襲いかかってきたが、それを感じる余裕はなかった。心臓の鼓《こ》動《どう》が伝わってくる。一時空腹を忘れた。

脇には潮田英吉曹長がやはり伏せていた。東京育ちの如月軍曹と違って、潮田曹長は瀬戸内の漁師の三男坊だった。筋肉質でがっしりしていた彼の骨と皮のような姿。頬は落ち、目ばかりぎらぎらさせている有り様に、如月は自分の姿を思った。自分だって同じなのだ。

敵艦からのサーチライトが頭上の樹木を過《よ》ぎっていった。

飢えと病の島ガダルカナル。一九四二年(昭和十七年)十二月の末のことだった。

如月の太腿《ふともも》の傷にヒルが張りついている。痛みを覚え、そのことに彼は緊張の一瞬が過ぎたことを知った。

如月軍曹は潮田曹長をうながして匍匐《ほふく》のまま海辺に向かって前進していった。波が岩場に当たる音が聞こえてくる。

顔を打つ潮風《しおかぜ》が心地《ここち》好《い》い。そこは下生えからわずかの砂浜をへて岩場になっていた。平和な時なら絶好の釣り場だったろう。

ただ、如月軍曹たちが八月に飛行場奪回をめざしてこのガダルカナル島に上陸してからは、穏やかな時は一時としてなかった。正月を故国で祝うのが夢だった多くの戦友たちが飢えと病に死んでいった。

沖合《おきあい》には米国の艦船が、日本軍の侵攻に備えてパトロールしていた。時折岸辺にサーチライトを投げてゆく。日本兵を発見しだい、砲弾を撃ちこんでくる。

島の反対側では米軍の飛行場の建設が着々と進んでいた。如月軍曹たちの所属する歩兵第一二四連隊は島の南端にあるアウステン山を拠点としていたが、動きが取れないまま年を越そうとしていた。

米軍はアウステン山の周囲に柵を作り、如月たちを封じ込めに出た。放っておいても日本軍は食料を絶たれて自滅すると踏んだのだ。その読みは当たっていた。戦わずして日本兵たちは毎日四、五〇人が死亡し、その速度は早まっていった。

やがて日本軍は、ガダルカナル奪回のため大軍を送ってくるだろう。それだけが楽しみで、兵士たちはジャングルに潜んでいるのだった。空腹をがまんできず米軍の飛行場に斬り込みをかけた部隊は次々と全滅していった。

如月軍曹と潮田曹長はなんとか魚を獲ろうと、夜陰《やいん》に乗じて海岸にやってきたのだった。ポシャンとまた音がして、黒いものが水面に跳ねた……。

2

ミッドウェー作戦の失敗により、日本軍は南太平洋への進攻作戦をあきらめなければならなかった。かわって軍令部はニューギニアのポートモレスビーを陸路攻略する作戦を立てた。

山本五十六は気乗り薄だったが、そんな矢先、米軍がツラギとガダルカナル島に上陸した。昭和十七年八月に入ってまもない頃である。

同島はオーストラリアの目と鼻の先にある細長い島である。アメリカはオーストラリアと連絡を密《みっ》にして、南からの反撃の拠点にしようとしている。米豪を分断しなければならない。そのため海軍は、このガダルカナルに飛行場を建設中だったのだが、完成前日の米軍の侵攻である。

米軍は空母サラトガ、エンタープライズ、ワスプを基幹とする米第六一機動部隊二七隻、米豪連合の第六二機動部隊二八隻と、それに護衛された輸送船団三一隻、バンデクリフト少将指揮下の米海兵師団一万九〇〇〇。

ツラギの守備隊から連絡を受けた連合艦隊司令部は、ラバウルにいる三川軍一中将の第八艦隊（重巡五、軽巡一、駆逐艦一）に出撃を命じた。

連合艦隊司令長官山本五十六はこれを艦隊決戦の絶好の機会ととらえ、加えて第二、第三艦隊を出撃させる積極策をとった。

第三艦隊とは、南雲忠一中将司令長官、草鹿龍之介少将参謀長の下、空母翔鶴、瑞鶴、瑞鳳、飛《ひ》鷹《よう》、隼鷹《じゅんよう》、龍驤《りゅうじょう》を中核とし、戦艦二、重巡四、軽巡一、駆逐艦一六からなる。

南雲はミッドウェーの汚名をそそぐべく、八月一一日柱島を出撃した。同じく柱島にいた連合艦隊旗艦大和も、一週間遅れてトラック島に向かって出撃した。

ガダルカナルをめぐる攻防戦は熾烈《しれつ》を極めた。米軍上陸の翌日にはソロモン沖海戦が行なわれ、この戦いは日本側の一方的な勝利で終わった。三川軍一中将指揮の第八艦隊は米重巡三隻、オーストラリア重巡一を撃沈、駆逐艦二を大破。日本軍側の被害は重巡二隻の小破、重巡一撃沈、だった。

しかし、勝利はそれまでだった。

海戦直後、ガダルカナル島に上陸した一木清直《いちききよなお》陸軍大佐指揮の〈一木支隊〉は、二一日に全滅してしまった。中国大陸での戦いの経験から大本営が敵を甘くみたのである。

翌二二日、南雲中将の第三艦隊は、空母サラトガ、エンタープライズを基幹とする米機動部隊と激突。ここに〈第二次ソロモン海戦〉が起こった。

この戦いで、米側はエンタープライズ大破、日本側は龍驤撃沈、水上機母艦小破。勝負は引き分けだった。

陸軍は全滅した一木支隊のあとを受け、川口清健《きよたけ》少将指揮の第三五旅団を派遣することにした。ラバウルからガダルカナルまでは六〇〇マイル。しかし、この間中継地はない。飛行機は行動半径ぎりぎりで、攻撃時間は限られている。

しかたなく川口旅団は、駆逐艦と舟艇《しゅうてい》部隊によってガダルカナルに上陸したが、米軍の空襲によって、兵力、資力の三分の一を失い、九月一三日の総攻撃も挫折してしまった。

ガダルカナル奪回の担当は、百武《ひゃくたけ》晴吉中将の第一七軍である。百武中将は、ジャワ攻略の丸山中将指揮の第二師団、香港攻撃の佐野中将の第三八師団をガダルカナルに送り、一挙に戦局の挽回《ばんかい》をはかることにした。

それまで陸軍はガダルカナルへの物資の輸送は駆逐艦や大発《だいはつ》で、夜間、米軍機の目を逃れて行なってきたが、それにも限界がある。そのため陸軍は高速輸送船団を編成することにし、海軍に強力な艦隊による護衛を依頼した。

陸軍輸送船四隻、海軍輸送船二隻を中心として第二、第三艦隊の主力、ラバウルの第八艦隊、第一一航空艦隊を援護とする輸送作戦は十月一五日に実施された。敵空襲による三隻の犠牲《ぎせい》を出しながら、輸送は成功した。しかし、二四日、肝心の陸軍第二師団の攻撃は無残に失敗した。

そして二日後、日米機動部隊による〈南太平洋海戦〉が起こった。

日本側の被害は空母翔鶴、瑞鶴が中破、重巡筑摩と駆逐艦二隻中破、米側は空母ホーネット撃沈、駆逐艦四隻大破、戦艦サウスダコタ小破。極限された海戦では日本側の勝利だったが、戦局としてはガダルカナル奪還の機会は遠のいてしまった。それも、永久に……。

ガダルカナルに置き去りにされた陸軍部隊は、飢えと病気のため大半が倒れていった。マラリア、デング熱、アミーバ赤痢《せきり》……。第二師団、第三八師団ともに第一線戦闘員は一中隊につき二、三〇人となり、毎日四〇人前後が死んでいった。戦わずして全滅は時間の問題だった。

3

「聞こえたか」

如月軍曹は潮田英吉曹長に小声で話しかけた。

「聞こえる」

潮田はうわずった声を出した。

「いますよ、たくさん」

魚がいる。潮田曹長が小銃を投げ捨てると、岩場から水の中に入りこんだ。

「やめろ」

押し殺した声で止めたが、それで止まるわけがない。

如月軍曹も続いて入ろうとした時、水の中で黒いものが動いた。海藻だろうか。もしや兵士の死体ではと、如月軍曹は慄然とした。もう死体には慣れっこになっているが、深夜の海べりとなると、やはり気味が悪い。

それにしても大きかった。ぴしゃっと水音がして、そいつが生きていることが知れた。全長三メートルはあるだろうか、黒い影が水中を横切ってゆく。途中で身体をよじったので、また水しぶきが立った。マグロか、イルカだろうか。それともアザラシか。

如月軍曹の胃の腑《ふ》がぐぐっと鳴った。マグロなら獲れば大変なご馳走《ちそう》だ。如月の隊員がまず三日は飢えを凌ぐことができるだろう。

しかし、水中を黒いものがぐいぐいと潮田曹長に迫ってゆくのが見えた時、如月はすくみ上がった。

鮫――。

「潮田曹長、戻れ、戻るんだ」

黒いものが潮田曹長の足元をさらった。潮田曹長の顔に恐怖が浮かんだ。

潮田曹長の身体が水中に引きこまれた。

「潮田！」

如月軍曹は短剣を抜いて、水に飛びこもうとした。その時、なんのきっかけもなく米軍駆逐艦のサーチライトが如月軍曹の顔をまぶしく捉えた。

見つかったのだ。

カタカタッと機銃の鳴る音がして、如月軍曹の周囲の岩に弾けた。次の瞬間、ググンと唸りがして視界が白熱した。さらに唸りが聞こえて、手前に水柱が立った。


如月軍曹は気がつくと、熱帯樹林の中を山に向かって駆け上がっていた。

この北側だけは、米軍は柵を張らず、逃げる道をわざと開《あ》けてある。飢餓《きが》状態の日本兵たちが海に出たところをあっさりと砲弾一発で叩き潰す。それが米軍の方針だった。波は荒く、周囲は米軍の艦船が埋め尽くしている。

「誰か？」

と声をかけられた。ガシャリッと銃桿《ボルト》を引く音がする。幽鬼《ゆうき》のごとき兵士が小銃を手に立っていた。

「おれだ」

「軍曹殿でありますか」

兵士が銃を立てて敬礼した。

密林の中に洞窟《どうくつ》があって、なかに大勢の兵士たちが横になっていた。如月軍曹が入ると、むっと腐敗臭が鼻をついた。兵士たちは病のものもあったし、空腹なので体力を落とさないようにしているものもあった。兵士たちは生きたまま腐りかけているといってよかった。

焚火《たきび》があって、串《くし》に刺された野鼠《ねずみ》らしきものが、兵士の手によって回転させられていた。飯盒《はんごう》の中で何か草か茎《くき》のようなものがぐつぐつ煮られていた。ご馳走《ちそう》である。とりわけ野鼠は兵士たちにとって得難《えがた》い蛋白源《たんぱく》だった。

岩に寄りかかり、軍刀を抱えこむようにして両足を投げ出していた男が声をかけた。痩《や》せこけて目がぎらついている。歩兵第一二四連隊の連隊長、小暮雅志大尉である。

「どうだった、魚は獲れたか」

大尉は嗄《しゃが》れた声を出して咳こんだ。肺をやられているなと如月軍曹は思った。

「残念ながら見つかって砲撃を受けました。潮田曹長は……」

「死んだか」

「はい。彼は海に入って魚を獲ろうとしているところを艦砲射撃で……」

「そうか、ご苦労。だが、もういいのだ」

連隊長のこけた頬に笑みが浮かんだ。

「われわれは今夜半を待って、飛行場の米軍に斬り込みをかけることにした」

「……………」

「救援もこない。このまま座《ざ》して死を待つより、ひとりでも敵を倒して死んだほうがましだ」

「しかし、撤収のためのわが艦船がこちらに向かっているとの情報です」

「それは先月のことだろう。あてになるものか。これまでに何度海戦が行なわれたか。それでも米艦隊を追い払うことはできなかった。飛行場奪回の援軍はもう来ない。われわれはこのガダルカナルに置き去りにされたのだ。この上は名誉の死をとげるだけのことだ」

小暮大尉は洞窟に横たわったままの兵たちを見渡した。その熱を帯びた目に涙が浮かぶ。

「わたしにしても、できることなら撤退したい。だが、それもできない。体力も残されていない。このわたしだってあと三週間もつかどうか」

「連隊長どの」

如月軍曹はやり場のない怒りに駆られた。輸送船が撃沈され、食料も医薬品も届かない。いつしか病人や負傷者について、兵士たちの間に次のような観察が広がった。

まだ立って歩けるものは一月、どうやら起き上がれるものは三週間、寝たきりになったものは一週間、寝ながら小便をもらすものは三日、口をきかなくなったものは二日、そして瞬《まばた》きをしなくなったものは……明日。

それが、死ぬまでの持ち時間だった。

洞窟には今、七〇名ほどの兵士が生き残っているはずだった。その三分の二は瀕死《ひんし》の病人や重傷者である。残りのものも飢餓のため満足に動くことはできない。突撃を敢行できるのは、この連隊でわずかに二〇名いるかどうかだった。残された兵は軍医の手によって処分されるだろう。

食料がありさえすれば、突撃は延期される。そのことは他の連隊にしても同じに違いなかった。このアウステン山には左と右に第一線から第三線まで、中央にも第一線から第三線まで、連隊が配置していた。

連隊本部はこの洞窟なのだった。本部にしてこの有り様だ。ほかは推して知るべしだった。

それでも疲れが出た。如月軍曹が、うとうとして目覚めると、連隊長がすっくと立って抜刀し、号令をかけていた。副官が整列を命じている。

如月軍曹が起き上がると、脇に寝ていた戦友から腐臭がただよった。さっきまでは瞬きしていた負傷者だ。傷に蛆《うじ》が湧いていた。

銃を杖《つえ》に起き上がるもの、脚を引きずるもの…。兵士たちは重い鉄兜をかぶり、手榴弾《しゅりゅう》をベルトに吊るし、銃剣を着け直した。

「誰だ」

整列を終えた時、洞窟の入り口で歩哨《ほしょう》の誰何《すいか》する声がした。

洞窟の入り口に、焚火に照らされて上半身裸の男が立っていた。右手に何かを引きずっている。仲間の死体を引いてきたのかと如月は思った。

「潮田曹長！」

如月は駆けていって、潮田曹長の肩に手をおいた。

「きさま、生きていたのか」

潮田曹長は口をきかず、黙って右手で引きずってきたものを投げ出した。

巨大な――魚だった。

多分熱帯の魚のためだろう、まだ見たこともない形をしている。頭から尾まで一メートル五、六〇といったところか。全体に濃い青みを帯びた魚で、腹部が白かった。

厚い鱗が全身を覆っている。頭は毒蛇《どくへび》のように額にあたる部分が平たく硬かった。背鰭は長く広げると三〇センチほどの幅があった。両脇腹に水平に鰭がついており、広げると滑空《かっくう》できるほどに見えた。尾はふっくらして水を吸った筆のように膨《ふく》らんでいる。

如月軍曹が手を触れると巨魚はばしりとはね、岩場に砂だらけになりながらうずくまった。エラが頬を膨らませるように動いている。真っ白な眼球がこちらを見ている。

「こんな巨大な魚を、しかも生きたまま、どうやって運んできたのだ？」

潮田曹長は答えず、右手で尾を掴む仕種《しぐさ》をしてみせた。

どうでもいいことだった。とにかく食料ができたのだ。兵士たちは、動けないものまでが、這いずって魚に接近した。早くも短剣を手にしているものもいる。

「わたしがやりましょう」

池端軍曹は岩を振りあげ、魚の頭に叩きつけた。

岩が砕け散った。魚の尾がぴしりとはね、魚は転げ回った。口が開き、鋭い歯が生け花の剣山のように無数に生えているのが、如月軍曹からも見えた。怪魚の前方に、目に包帯を巻いた兵士が横たわっていた。包帯には血がこびりつきハエがたかっている。魚が転げてきたので、ハエが逃げた。兵士が両手を伸ばしたところで右手首が魚の口に入った。

圧搾機《あっさくき》が閉じた。一瞬にして兵士の手首は食いちぎられていた。

洞窟内は騒然《そうぜん》となった。池端軍曹は腰を抜かした。

大尉が目を吊《つ》りあげ、拳銃を発砲した。銃声が洞窟内に響きわたる。魚の頭に当たったが、鋭い音を立てて弾かれた。瀕死の病人も重傷者もざわついて起き上がるほどの衝撃だった。

見たこともない魚だ。古代の海の生き残り……。

しかし、この禍々《まがまが》しさはどこから来るのか。その眼だ。黒目はなく、真珠のように白い光沢を放つ不気味な眼が、洞窟に引きこまれてきた時から一同をねめつけているのだった。


「この化け物が！」

滝田軍曹が日本刀を抜き、両足を開いて、魚の前に立ちはだかった。滝田は剣道五段を自称していた。

怪魚は腹ばいになり、その大きな白い目で滝田軍曹を見あげた。如月軍曹はその目に感情を認めたような気がして、ぞっとした。しかも怒りではなく、親しみを。俺を殺してくれといっているような。

鋭い気合が滝田軍曹の喉から送り出た。

日本刀の刃はぐさっと固い魚の眉間《みけん》に食い込み、ジグザグなひびを走らせた。魚は身体をふるわせ、しばらく尾がびたびたと地面を打っていたが、それも止まった。

すかさず滝田軍曹がまたがり、銃剣を振りかぶると魚の白い腹に突き立てた。

白い内臓がぬるりと流れ出た。

あおむけになった魚は目を閉じている。まるで巨大な蛙か鰐《わに》の腹を裂《さ》くようだ。口は半分開き、するどく入れ違いに生えた歯の間から、食いちぎられた兵士の手首が招いていた。

潮田曹長が魚の尾を掴んで、平たい岩場に引きずってゆくと、銃剣の剣を外し、魚の皮を剥《は》がし始めた。

隊長の命令で、北田という上等兵が尻込みしながら進み出た。

北田は東京深川の高級料亭で板前をしていたと自慢していた男である。実際はまだ見習いであると、如月軍曹は知っていた。

北田上等兵はためらっている。

「さっさとやらんか」

大尉に一喝《いっかつ》され、包丁を手に魚の解体に取り組んだ。

魚というより、牛か馬の解体に似ていた。まず、山刀で頭を無理やり叩き落とした。甲羅だらけの頭部は、兜のように岩かげに転がった。

内臓を引き出すと湯気が上がった。これは魚ではない、体温があるのだ。厚い皮を剥ぎ、薄い桜色した肉の部分が露《あらわ》になった。

誰からとなく、肉を短剣で剥ぎ取り、銃剣の先に刺して、焚火にかざした。

生のまま、口の回りを血だらけにしてかぶりついているものもいる。

「食わんのか、如月」

大尉が口をもぐもぐ動かしながらいった。

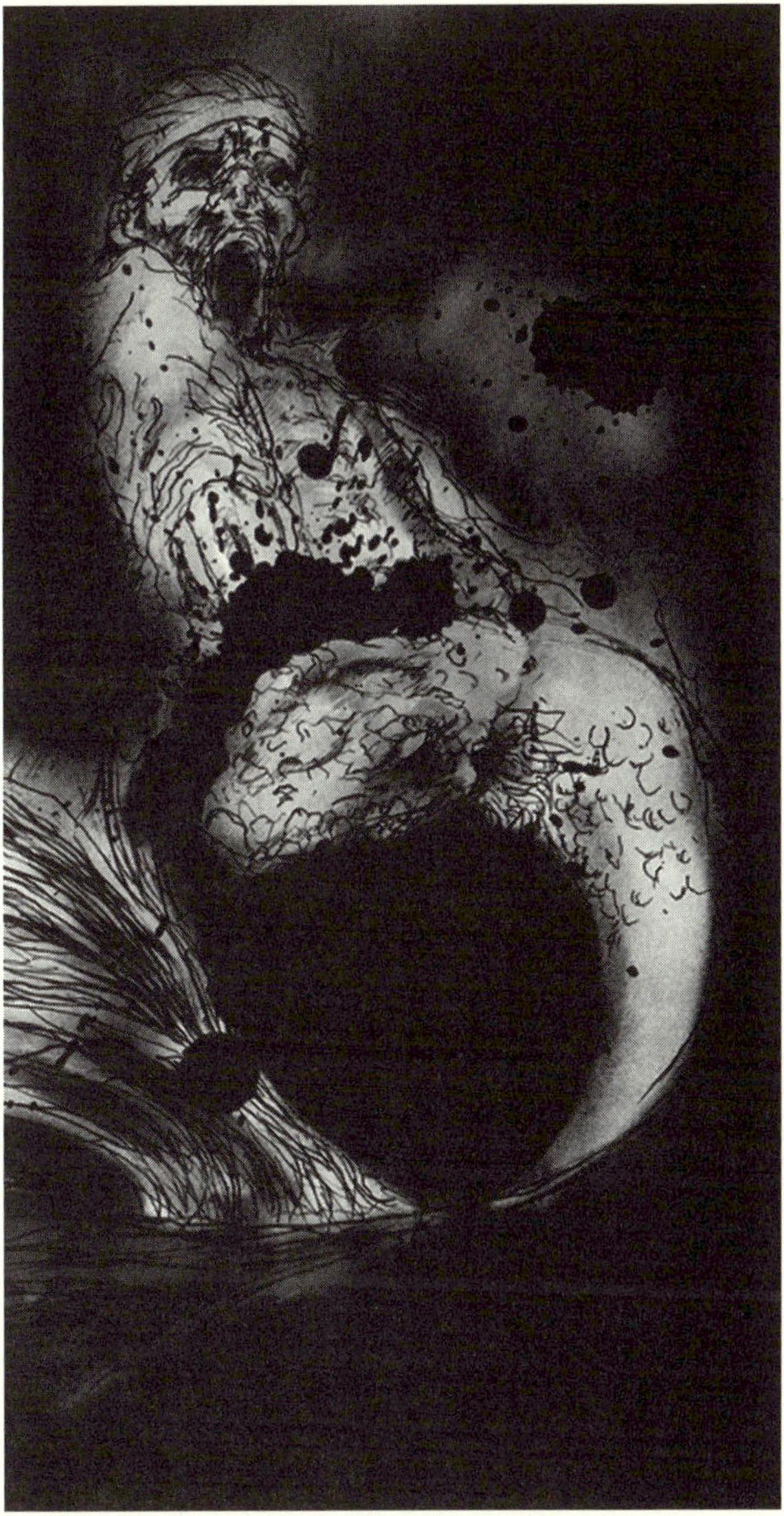

「は」

と答えたものの、如月は震えがくるのを抑えきれずにいた。

彼は見たのだ。怪魚の両脇から、水掻きのついた手のようなものが突き出ているのを。指は五本、一本は他の四本から離れて曲がっていた。まるで人間の手のように。

兵士たちは久しぶりの肉に吐息をつきながら満足した様子だ。目にも光が戻っている。急激な食事に、飲みこんだ途端、眼球をぐるりと一転させて息を引きとったものもいた。

如月軍曹はそれを見ても、どうしても魚を食べることはできなかった。それでも肉の焼ける匂いに胃の腑が引き攣《つ》るような食欲を覚えた。

気がつくと肉を鷲掴みにしていた。

今まさに口に入れようとした時、背後で呻き声が起こった。

兵士が口をかきむしって苦しがっている。のけぞって肉を吐き出すものもいた
大尉は腹を押さえて横に倒れ、両足を痙攣《けいれん》させていた。

「連隊長！」

如月軍曹が助け起こそうとすると、小暮大尉の口から血がどろりと溢れ出した。目が裏返ってしまっている。

兵士たちはあちこちで断末魔の動きをしていた。如月軍曹は為す術もなく、打ち捨てられた魚の骨を見た。内臓の山はまだ生きて動いているように見えた。

魚の頭の切り口はザクロの実を思わせた。

その陰から立ち上がった兵士がいた。

潮田曹長だった。如月軍曹は向かおうとして立ち止まった。

曹長の様子がおかしかった。ふわりふわりと上半身が揺らいで、目には光がない。

「なぜ、お前は食わないのだ」

潮田曹長の喉から言葉が洩れた。洞窟に戻ってから、初めて口を利いたのだ。

「気持ちが悪くて食えなかった。あれは本当に魚だったのか、俺には動物に見えたが」

と如月は応じた。

「どっちでもいいだろう」

「潮田、お前は食べたのか」

「いいや……俺は……食われたのだ」

そういってから、潮田曹長は薄気味悪く笑った。如月は血が凍りつくような気がした。

「海に落ちた時、たっぷりとな」

「どういうことだ」

「見るがいい」

潮田は胸をはだけた。腹腔《ふくこう》がぽっかりと開いている。少し上に小刻みに動いているのは心臓だろうか。

潮田曹長の内臓は心臓を残してなくなっていたのだった。

「お、お前は！」

「如月」

潮田は前に出た。手には肉片を掴んでいる。

「食え、これは魚じゃない。俺の肉だ」

如月軍曹は銃の銃桿《ボルト》を引いた。

「近よるな！」

「軍曹殿はわたしがおきらいですか」

潮田曹長はにたりと笑って前に出た。

「よるな」

潮田は黙って、さらに前に出た。

如月軍曹は引き金をひいた。曹長の眉間に穴が空き、脳漿《のうしょう》が噴出した。彼はあおむけに倒れた。目と口をあけたまま、こと切れた。

「潮田！」

思わず駆けよって、眉間の射入口をあらためた。その時に気づいた。潮田の耳の後ろが、短剣で切り刻まれたようになっている。

仲間はみな死んでしまった。この惨劇《さんげき》を他の連隊に知らせようと、如月軍曹は洞窟の入り口によろけていった。海にはあの怪魚がいる。同じやつを捕まえて食べたら、大変なことになると……。


その時、雷鳴がとどろき稲妻《いなづま》が走った。どっと洞窟の中に風が吹きこむ。

季節外れの嵐がやってきたのだ。

篠《しの》つくような雨が降りだした。とうてい、外に出てゆくわけにはいかなかった。道に迷って、敵陣に出てしまうかもしれないではないか。

雨は凄まじい勢いになり、洞窟の中に流れこんできた。内側が下がっていたので、ところどころにある岩にぶち当たって、まるで潮が満ちてくるように、洞窟を水浸しにした。

如月軍曹は奥の高い部分に逃れ、枯れ木を集めて火をおこした。うっかりすると南海の夜とはいえ、凍死することも考えられたからだ。

やがて雷は聞こえなくなり、雨も小降りになった。水没した洞窟の底で、兵士の遺体があちこちにただよっている。

　焚火は消えかかっている。洞窟を出ようとして立ち上がった途端、どこかでポチャンと水音がした。

　誰かいるのか。如月軍曹は落ちていた日本刀をかまえて見廻した。

　水たまりのあちこちが動いている。水に浮いた兵士が身体を起こすところだった。ひとり、またひとりと立ち上がった。

　死んだはずの兵士たちは元気を取り戻していた。連隊長の小暮雅志大尉もいた。

「如月軍曹、お前もここに来い。水がこんなに気持ちがいいとは思わなかった」

　力強い声が洞窟に響いた。だが、それは死人の声なのだ。

「来いよ、お前も」

　眉間に穴を空けたままの潮田曹長も手を差し出して招いていた。

「俺たちはこのまま、海に出る。そしてこの糞いまいましい島を離れるのだ」

　小暮大尉がいった。

「戦いはどうなるのです」

「そんなこともう知ったことか。俺たちは死の苦しみを舐《な》めた。もう解放されてもいいだろう」

「海に出て、それからどうするのです」

「日本に帰るのさ」

「どうやって」

「海は広い。世界のどことも繋がっているのだよ」

焚火の炎が連隊長の頬を照らした。

その時、如月軍曹は、またも見たのだった。耳の後ろの傷を。潮田曹長にあったものだった。

それは魚のエラだった。

如月軍曹は連隊長めがけて発砲した。胸に弾丸を受けて、連隊長は水の中に倒れた。だが、すぐに起き上がってきた。兵士たちが、両手を突き出して迫ってくる。

如月軍曹は日本刀を引き抜いて、水たまりに飛びこんだ。

兵士たちが近寄ってくる。如月軍曹は兵士たちを斬った。兵士たちは水に伏せるが、また起き上がってくる。

洞窟の入り口に黒い前かがみの人影が立っていた。身長は二メートルを超えている。首から肩にかけてずんぐりとしていて、両手は地面に着きそうに膝の下まで届いていた。

髪は肩にかかるほど長い。シルエットのみで、形ははっきりとはわからない。

『いっしょに来い』

如月軍曹の頭にいきなり言葉が飛びこんできた。

『故郷が待っている』と彼は続けた。

『さあ、みんなで日本に帰るのだ』

「お前はなにものだ」

如月軍曹は問いかけた。

「わたしは海を統べるもの。おまえの仲間はわたしの身体を食べた。だから、水の中で生きることができる。今からでも遅くはない。わたしたちの仲間になれ」

「怪物になって日本に帰るのか。そして、何をするのだ」

「戦いは間もなく日本の敗北で終わる。家族としあわせに暮らせばよい。そして子をなし、育てるのだ」

「いやだ。魔物の仲間になるのはごめんこうむる」

如月軍曹は刀をかまえ、怪物めがけて走りよった。水たまりの中なので思うようにならない。しかも上り坂である。洞窟の入り口に達した時、怪物は闇の中に姿を消していた。

雨はやんでいたが、強風は木立《こだち》をゆすり、吠えたてた。如月軍曹は抜刀したまま、椰子《やし》の林に分け入った。

雲が流れてゆく。月が出て、また翳《かげ》った。風に乗って潮騒《しおさい》が聞こえてくる。

如月軍曹は海岸まで怪物を求め、あたりに気を配りながら下っていった。

岩場に出ると、黒い人影があった。

いつのまに前に廻りこんだのだろう。月光に浮かび上がって、今度は形がはっきりと見える。

両の眼は青白い光を放って見えた。あの怪魚に似て、まるで甲冑《かっちゅう》をかぶった古武士のようだ。全身が鱗に覆われている。長い髪と見えたのは鰭かエラであろう。

如月は日本刀を下段にかまえ、体当たりで怪人の腹部に深々と突き立てた。

怪物は如月の首を、水掻きのついた手で掴んだ。引き抜こうと力をこめてきた。如月は失神しそうになりながら、なおも刀をぐいぐいとゆすりたてた。温かいものがどろりと流れ出した。怪人の手から力が抜けた。

怪物が呻いた。

如月は刀を引き抜き怪物を蹴りとばすと、怪物の顔を見た。

死んだはずの潮田曹長だった。

「お前は！」

「軍曹どの、わたしたちと日本に帰りましょう」

「できない、そんなこと」

如月が振り向くと、林の中から兵士たちが幽鬼のように出てくるところだった。連隊長の小暮大尉もいた。板前の北田上等兵もいた。いずれも銃を持ってはいなかった。素手のまま、如月のほうに向かってくるのだった。

小暮大尉が月を仰ぎ見て、吐息をもらした。耳の下にできたエラ……。水を求めてぴくぴくと動いている。

兵士たちが迫った。

ひゅるひゅると空の彼方で音がしたのは、その時だった。ぐんぐん接近してくる。空が明るくなる。米軍の艦船から撃ち出された砲弾だった。

天地が鳴動《めいどう》した。

兵士たちが吹っとび、倒れてゆく。大尉も板前も死んだ。如月軍曹は怪物と化した戦友を斬っていった。斜めに絶ち割られた怪物の身体は崩れ始めた。

月光を弾きながら揺らぎ、一瞬にして水と化した。波が打ち寄せ、それを運び去った。

　やがて砲撃はやんだ。如月軍曹はかろうじて砲弾をまぬがれた。硝煙《しょうえん》の中には仲間たちの遺体があった。如月軍曹は遺体を一箇所に集めていった。もはや空腹を感じる余裕はなかった。

　遺体が山をなす頃には、すでに夜が明けていた。水平線にオレンジ色の光の線が走った。洞窟に戻るとガソリンをタンクごと運んできて遺体に振りかけ、火を放った。黒煙をあげて燃えあがった。

　あの怪物は本当に海の魔物だったのだろうか。しかし、如月はすぐ考えるのをやめた。朝の海は美しい。きらきらと輝いている。如月軍曹は海が好きだった。

　魔物に出会うかどうか。小一時間ほどの休憩を取ってから、如月軍曹は中央第一線の基地に向かって山を登り出した。

　アウステン山の日本軍は、翌年一月一三日から一五日にかけ、アメリカ軍の猛攻を受け全滅した。

　参謀本部と軍令部がガダルカナル島撤退の命令を発したのは、年が明けた昭和十八年正月四日のことだった。

　ガダルカナルにあった日本軍の全守備隊を無事に撤退させるための『ケ号作戦』は二月一日から八日にわたり、第三水雷戦隊司令官橋本信太郎少将指揮の駆逐艦で行なわれた。三次にわたり、約二〇隻からなる駆逐艦隊を中心とし魚雷艇、零戦隊が出動し、米軍の艦船、航空機と戦いを繰り返した。

　第一次は一日、ショートランド沖からカミンボ泊地に進撃、海軍二五〇名、陸軍五一六四名を収容した。第二次は四日、エスペランスとカミンボ泊地から海軍五一九名、陸軍四四五六名を、第三次は七日から八日にかけ、カミンボから海軍三六名、陸軍三三五二名を収容し、作戦は終了した。

ガダルカナル島に上陸した陸軍兵力は三万一三五八人、約二万六〇〇〇の人命が失われたことになる。海軍は六か月のガダルカナル島をめぐる海戦で艦艇二四隻、航空機八九三機、パイロット二三六二人を失ったのである。

ガダルカナル島撤退作戦が終了して間もなく、連合艦隊の旗艦は大和から、姉妹艦武蔵に変更になった。

二月一一日、トラック島。

大和の甲板では松田艦長、佐藤副長以下乗組員たちが、挙手で山本五十六と宇垣参謀長を送った。すでに幕僚と軍楽隊は武蔵に移乗を終えていた。

「艦長、大和のことは、よろしく頼む」

山本五十六は松田艦長の前にたちどまって、顔を見つめた。

「承知いたしました。身命にかえまして」

「そうか。世話になった」

山本五十六は端正《たんせい》な敬礼を返して、舷門を下りていった。

司令長官が武蔵に移乗すると、軍楽隊の奏楽『海征《ゆ》かば』が迎えた。それは、武蔵が正式に連合艦隊旗艦になった瞬間だった。

第五章　連合艦隊司令長官の死

1

雲の峰が大きく湧き立っている。空は抜けるように青く、海は陽光に輝いていた。砂浜の白さが島の密林をくっきりと浮かび上がらせている。

森昭夫飛長は零戦の風防越しに、その美しさに一瞬見取れた。朝の光が正面から照射され、思わず目を細めた。

零戦の編隊は六機。三機ずつの編隊に分かれている。森の三番機は右翼第一小隊の右の端だった。

高度三〇〇〇。その五〇〇メートル下を二機の葉巻型をした一式陸上攻撃機が、翼を接するように先行していた。

右側の一式陸上攻撃機には連合艦隊司令長官山本五十六が乗っている。その護衛のために、森飛長たち六機の零戦は二〇四航空隊から選抜されたものだった。

昭和十八年四月一八日、午前九時。熱帯の日射しはすでに白昼の強さだった。

「このぶんなら、予定の一〇時までにブイン飛行場に着けるだろう」

森飛長は身体から緊張が溶けてゆくのを覚えた。

ミッドウェーとガダルカナルで敗北を喫《きっ》した連合艦隊の次の目標は、ソロモン諸島の敵の飛行基地を叩くことだった。「い」号作戦である。

このため、山本長官自ら作戦指揮にあたるため、トラック島の武蔵から宇垣纏参謀長とともにラバウルに移った。それが四月三日のことだった。

一八日午前八時、山本長官はブーゲンビル島のブイン基地視察のためラバウルを出発した。山本五十六はもえぎ色をした折り襟の三種軍装をしていた。

一式陸上攻撃機が二機、一番機には山本五十六と副官の福崎昇中佐、軍医長の高田六郎少将、航空参謀樋端久利雄《といばたくりお》中佐、ほかに偵察電信員など六名。機長は『リットル』というあだ名を持つ小谷立飛行兵曹長だった。

二番機には参謀長宇垣中将、主計長北村友治少将、通信参謀今中薫中佐、航空参謀室井捨治中佐、気象長野林治中佐。

護衛はわずか六機の戦闘機だった。ブーゲンビルの制空権は完全に日本が握ったと山本は信じていたのである。

二機の一式陸攻は東南に向かって飛んでいたから太陽は真っ向から降りそそぎ、護衛には不利な態勢だった。とはいえ、あと五分ほどでひと休みすることができる。機はブイン基地の上空に差しかかっていた。

眼下には緑の絨毯のように密林が広がっている。海はガラスの粉を撒いたように輝いている。じっと見ていると吸いこまれそうな気がしてくる。

ふと前方の緑の中に何かが動いているように思えた。密林がまるで巨大な大蛇《だいじゃ》のように編隊に沿って移動している。陽光を受けた機影が密林に黒く投げかけられているのかと思った。

おかしい。森飛長は操縦桿を下げようとした。その時、海が動いた。いや海が動くわけはない。しかし、水中を確かに黒々とした長いものが横切ってゆくのだ。

「潜水艦だ」と森は直観した。このあたりには伊号潜水艦はいないはずだ。とすれば、敵艦である。潜水艦が浮上してブイン基地を撃とうとしている！

そのせいで緑の中の動くもののことを、森飛長は一瞬忘れた。

潜水艦のことを味方に通報するべきだろうか。

その迷いが、森飛長の注意を長官機から逸らした。

いきなり、隣の第二小隊先頭の日高義巳上飛曹の機が激しくバンクしたかと思うと、機首を下げた。

森は一式陸上攻撃機の前方右手下から急上昇してくるアメリカ軍機の編隊を見た。

「くそ、Pだ！」

双胴の〝キラー〟ロッキードP38Gライトニングである。森は身体の血が湧き立つのを覚えた。エンジンを全開し、操縦桿を前に倒した。

上昇してくる敵は一六機。とっさに森飛長は敵の数を読みとった。敵は低空で待ち受けていたのだ。どうして長官の行動予定が敵にわかったのか？

零戦の編隊は逆落《さかお》としに一式陸上攻撃機と敵編隊の間に機銃を連射しながら、突進した。激し

P-38G ライトニング

い零戦の弾幕に敵はひるんだかと見えた。一番機、二番機と反転してゆく。

その数は——一二機。

一式陸上攻撃機は急角度で降下し、避難行動に移ったのが見えた。

『やった！』

だが、それも一瞬のことだった。おかしい、敵は最初見た時は一六機だったはずだ。敵機が四機足りない！

森飛長の背中を冷たいものが走りぬけた。

四機の敵機は後ろに廻りこんでいた。森が反転した時、一番機の一式陸上攻撃機が煙を吐きながら密林に突っこんでゆくのが見えた。二番機は右翼から煙をあげながら海に向かって降下してゆく。

323

万事窮《きゅう》す！　長官機が撃たれた。

2

一式陸上攻撃機に追い迫ったトマス・G・ランフィア大尉指揮になる四機のP38から撃ち出された機銃弾の一発は、背後から山本五十六の左肩《けん》甲骨《こうこつ》ほぼ中央に命中し、左肺に抜けた。

山本はP38の攻撃を受けた時、『来るべき時が来た』と思った。

敵は下から来た。機体に森林の緑と同じ迷彩《めいさい》を施してある。あらかじめ予定の行動だったのだ。暗号が読まれたとしか、いいようがない。「い」号は成功し、制空権を取ったつもりでいた己れの愚かさが悔やまれる。

日本軍は苦戦を続けていた。だからこそ、自分でも成功したと思いこみたかったのだろう。今度の前線視察激励《げきれい》もそれを証明したかったからだ。

小沢（第三艦隊司令長官）も城島（高次・第一一航空戦隊司令官）も危険だからと中止を進言したし、それが受け入れられないと知ると、小沢は第三艦隊の先任参謀高田利種大佐を連合艦隊司令部に寄こして、護衛機を何十機でも提供すると申し入れてきた。また二〇四空でも、隊長の宮野大尉は同隊の可動戦闘機を全機護衛につけると進言した。山本はそのすべてを退《しりぞ》けたのだった。

何かが目の前にどさりと落ちた衝撃で、山本は我に返った。

森の中だ。小鳥が鳴いている。穏やかな日射しが下生えを輝かせていた。落下したのは、樹木に引っかかっていた一式陸攻の翼の一端だった。

長官機の墜落《ついらく》の瞬間を山本は覚えていない。彼はシートベルトをした座席ごと投げだされ、下生えの中に横たわっていた。首を動かすと、二〇メートルほど後方に鉄屑《てつくず》と化した一式陸攻の胴体があった。頭部はエンジンが脱落してしまっている。輪切りになった胴体と、尾翼の三つに千切《ちぎ》れている。

その脇に飛行服を着た兵士二名がこと切れていた。その先に中佐の肩章が見えているのは副官の福崎中佐だろう。輪切りになった機体の向こうに、白い立ち襟の二種軍装の高田軍医長の遺体があった。

反対側を振り返ると、木の根にもたれるようにして両足を投げ出した男の姿があった。黄色いワイシャツの襟を広げている。枕《まくら》にしているのは上着らしかった。航空参謀の樋端久利雄中佐だった。

「樋端中佐」

声をかけてみた。とたんに樋端中佐の顔からハエの群れが飛び上がった。

静かである。もはや爆音も機銃音もしない。密林の鳥や小動物の鳴き声が一層大きく聞こえてくる。機体の火は消えかかっていた。

敵機は目的を達して去った。護衛の零戦はあとを追ったのだろうか。

山本は撃墜される直前、宇垣参謀長の乗った二番機が、黒煙をあげながら降下してゆくのを目撃

撃墜された山本長官搭乗機

していた。海に向かっていたから、うまくいけば着水して助かるに違いない。

密林の途切れから、真っ青な空がのぞいていた。白い雲がなにごともなかったように湧き立っている。

ガサリッ、ガサリッと周囲で音がする。

山本は薄れゆく視界に人影を見た。林の中からたくさんの人影が現われた。

救援にしては早すぎる。相手の身長は高く、両腕は地面に届きそうになっていた。真ん中の人影が前に出て、山本五十六を見下ろした。白昼であるが、山本の視力は失血のため限界に来ていた。

「俺たちと来い、仲間たちも待っているぞ」

声ではない。直接脳の中に忍びこんできた思考だ。

「ごめんこうむる」

山本は呻いた。軍人としての矜持《きょうじ》を最後まで失いたくはなかった。人間として、こいつらへの反抗心もまた。

「死にたくはなかろう。俺たちと生きるんだ。生きて、日本ばかりではない。この地球を自分のものにするのだ」

「去れ、魔物たちよ」

山本五十六は平然といって拳銃を抜いた。何発射ったかわからない。幾つかの影が倒れ、生き残りどもを動揺が包んだ。それで満足した。彼はこめかみに熱い銃口を当てて引き金を引いた。

3

敵の編隊は目的を達して雲間《くもま》を利用して逃走した。僚機はブイン基地に向かったが、森昭夫飛長の腹のムシはおさまらなかった。

森飛長は敵機を求めて南下していった。長官機を落とされて、おめおめとブインに帰ることはできなかった。

自分たちは任務に失敗したのだ。待っているのは銃殺刑かもしれなかった。

高度四〇〇〇メートルで隣のベラベラ島付近まできた。

眼下にP38が一機のうのうと飛んでいるのが

見えた。長官機撃墜の目的を果たして、安心し切っているのだった。

森飛長は照準に敵機をとらえ、襲いかかった。両翼の二〇ミリ機銃と機首の七・七ミリ機銃が同時に火を吹いた。

機銃弾が左エンジンに吸いこまれてゆく。敵機は翼からガソリンの霧を噴き出しながら、海に向かって突っこんでいった。

ブーゲンビル島に戻ろうとして、森は異様なものを見かけた。ブーゲンビル島の密林から竜巻のように円錐《えんすい》形をなした真っ白なものが舞い上がり、雲と一体化してゆくのだ。

そこは山本五十六の一式陸上攻撃機が墜落したあたりだった。何か白い生き物が天空に舞い上がっているように見えた。

森飛長はフルスロットルにして、接近していった。一気に白い雲の中に入りこんだ。

『飛長』と声が聞こえた。

「長官！」

それは連合艦隊司令長官山本五十六大将のものだった。

司令長官は生きていた。喜びが森の身体に湧き上がった。しかし、様子がおかしい。第一、どこから聞こえてくるのだ。

『来るな！』

長官の切迫した声は告げた。森はとっさに操縦桿を一杯に引いた。上昇して逃れようとしたのだ。

霧を抜けた。安堵が森を包んだ。彼は振り向いた。零戦のコックピットは大方の外国機と異なり三六〇度視界が利く。心臓が止まるかと思った。白い霧が追尾してくるではないか。これは霧ではなかった。意志を持つ生き物だ！

「舐めるな！」

森は大きくターンして霧の中へ突っこんだ。二三ミリ機関砲が白い世界を裂いた。

零戦を霧が包んだ。森飛長の機は吹き上がる白い霧の中で粉々になり、霧の一部がちらりと赤く点滅した。

4

山本五十六の遺体が発見されたのは、墜落の翌々日のことだった。捜索《そうさく》に当たったのはブーゲンビル島第一特別根拠地隊だったが、密林が深く、捜索に予想外の時間がかかったのだ。

長官は墜落の衝撃で弾き飛ばされたらしく、破《は》損《そん》した機体の二〇メートル先に、椅子にシートベルトで留められたまま死んでいた。背後から機銃弾を撃ちこまれたのだが、しばらくは意識があったらしい。直接の死因は右のこめかみに撃ちこまれた拳銃弾だった。山本の手には拳銃が握られていた。この謎に満ちた自決は伏せられることになった。

山本司令長官遭難の第一報は、遭難日の一八日の夕刻、ラバウルの南東方面艦隊司令長官草鹿龍之介少将から東京の海軍省と軍令部へ打電された。翌日正午の第二報が襲撃状況を伝えた。さらに翌二〇日の電文で長官の死亡が確認された。

連合艦隊司令部から連合艦隊司令長官の戦死の報が入ると、軍令部次長伊藤整一中将は、二二日海軍省の中沢人事局長をともないラバウルに飛んだ。

「遠路はるばる、ご苦労さまです」

宇垣参謀長は連合艦隊旗艦武蔵の参謀長室で、先任参謀黒島大佐とともに伊藤整一たちを迎えた。宇垣参謀長は頭と肩から胸にかけて包帯を巻いて、左足にギブスをつけていた。宇垣参謀長の搭乗した二番機は被弾したが、どうにか着水し、宇垣と北村主計長、操縦していた林兵曹が助かったのだった。

「わたしがいけなかった。長官がいやがっても、護衛機はもっと付けるべきでした。おめおめとわたしだけ生き残ってしまった」

宇垣は左足と右肩の鎖骨《さこつ》、そして肋骨《ろっこつ》を折っていた。内臓にも損傷があるらしい。これから呉の病院に入院することになっていたが、長官死亡の善後策《ぜんご》をきめる責任があった。

伊藤整一が来るまではラバウルを発《た》つわけにはいかなかったのである。次の長官が決まるまでは暫定的《ざんてい》に軍令部の責任者が、司令長官の役目を果たすことになっているからだ。

「あなたの責任ではありません。どうやら敵はわれわれの暗号を解読したらしい。長官の日程は敵に読まれていたのです」

中沢人事局長がいった。

「暗号はすでに切り換えられました」

「それで、司令長官にはどなたが」

「横須賀鎮守府の古賀峯一大将が内定しています」

と伊藤整一がいった。

「そうですか」

「ただし、今ここで山本五十六大将の死を公表するのは士気にかかわります。時期が時期だけに、国民も動揺するでしょう」

「それで、いつ」

「新長官の就任は来月五月二七日の海軍記念日となります。着任はもっと前になると思いますが、それまでは武蔵以外の参謀には伏せていただきたいのです」

「それはいいが」

宇垣は先任参謀の黒島亀人大佐を見た。

「これはあなたの職務になる。わたしは参謀長に留まることはできない」

「承知しました」

黒島亀人大佐はいった。

その夜遅く、伊藤整一はオールドパーのボトルとグラス二個を器用に指の間にはさみ、参謀長の私室を訪ねた。宇垣参謀長は明日、飛行艇で呉の病院に向かうことになっている。伊藤はその後もしばらくは参謀人事などでラバウルに残らなければならない。

ベッドから起き上がろうとする宇垣を伊藤は制した。

「参謀長は、わたしに何かいいたいようだったのでね」

「あいかわらず、いいカンをしていますな」

宇垣は苦笑して上半身を起こし、グラスを手にした。伊藤が注《つ》いだ。兵学校では宇垣が一期後輩である。山本五十六大将の参謀長も伊藤から宇垣にバトンタッチされたものだ。

「確かに中沢大佐のいうように暗号が解読されたのかもしれない。だが、俺は一式陸攻に乗っていた時、〝やつら〟の気配を感じたのだ。海の方角で、俺たちの気をそちらに逸らせた。護衛機の操縦士たちに訊いてほしい。みな、そいつらに気を取られたといっている」

「〝やつら〟かね」

「とんでもない話だが、そのとおりだ。〝やつら〟のおかげで、日本は崖《がけ》っ縁《ぷち》から転げ落ちようとしている。〝やつら〟の攻撃が始まっているのだ。ミッドウェーは〝やつら〟の陰謀だった。南雲中将も気づいたが結果的には翻弄《ほんろう》されてしまった。そして、山本長官もな。このままでは〝やつら〟の思うままだ」

「わたしたちの切り札は大和だけだ。そして〝やつら〟の〝仲間〟が来る時を待つしかないんだ。古賀大将もそのことはご存じの上で連合艦司令長官に就任されるよ」

「〝やつら〟のことは軍令部総長は御存知なのか」

「知っているよ。だが、だからといって、作戦をアメリカと〝やつら〟の二方面に割くことなどできない。あんたには怪我が治ったら、また前線に復帰してもらうことになるだろう。大和には是非、あんたにいてほしいのだ」

「すまない。この雪辱《せつじょく》は必ず晴らしてやる。俺ひとりでもな」

米内光政は二〇日、麹町三年町の屋敷で、海軍省から山本五十六戦死の報を受けた。本来だったら一八日『長官機遭難』の第一報で、連絡があるべきだった。だが、組閣に失敗し、退役した軍人には文句はいえなかった。

山本五十六の死は米内にとっても衝撃だった。しばらくして電話機に向かった。電話の向こうに伊藤整一が出た。

伊藤整一はこれからラバウルに飛ぶということだった。〝やつら〟のしわざかどうか調べてきたいという。それに軍令部の次長は忙しくなるだろう。新長官には古賀峯一大将が内定したという。

電話を切ってから、米内は外出の支度を始めた。『古賀くんのお宅に行ってくる』と家人に告げた。

5

古賀峯一大将は佐賀の出身で二度にわたりフランス大使館に勤務した視野の広い海軍軍人のひとりだった。海兵三四期、山本の二期後輩である。どちらかといえば無口だったが、酒も強く山本とは腹を割って話す仲だった。

横須賀鎮守府司令長官の前は、軍令部次長、第二艦隊、支那方面艦隊の司令長官を歴任していた。米内が連合艦隊司令長官時代の部下でもある。

二二日の早朝、日比谷公園で米内は古賀と会った。池のほとりにはさつきの花が満開だった。鳩《はと》が噴水の周りに群れている。日比谷公会堂の前には、黒いリムジンが二台とまっている。米内の秘書と古賀の副官が、あたりに目を配っていた。

「閣下、ご安心ください」

古賀はいった。連合艦隊司令長官に内定してからの古賀は、分刻みのスケジュールで動いていた。これからも海軍省に行くことになっている。

「実をいうと〝やつら〟の件は、これまで半信半疑だったのです。しかし、これをご覧下さい。昨日、届いたものです」

米内は古賀から封筒を受け取った。宛先は古賀の自宅である。後ろには山本五十六拝とあった。

「読ませていただいてもいいかね」

「はい、是非」

米内は読んで、封筒を古賀に戻した。冷たい朝風のためか、眼が潤《うる》んで見えた。

「長官はご自分の死を予期しておられたのです。わたくしが後任ということもわかっておいででした。それで〝やつら〟のことを、わたくしに託されたのです」

「閣下――」

古賀は米内に向きなおった。

「古賀峯一、命にかえて山本長官のご遺志に従うつもりです」

「頼んだよ、古賀くん」

山本の死は五月二七日の海軍記念日まで極秘とされたため、親補式はおろか参拝も披露宴《ひろうえん》もない寂《さび》しいものだった。明治神宮に副官とともに私服で参拝しただけで、二四日には横浜海軍航空隊から飛行艇でトラック島の前線基地に飛んだ。

連合艦隊旗艦武蔵に着任したのは、二五日の午後三時のことだった。

その長官公室で古賀峯一大将は山本五十六大将の遺骨と対面した。

遺骨は二日前にラバウルから運ばれ、まだその死を公表されていないため質素な桐《きり》の箱に入り、白い絹袋に包まれていた。

「しばらく、ひとりにしてくれるか」

古賀峯一は先任参謀の黒島亀人大佐たちを引き取らせ、椅子を引いていって、遺骨の前に腰を下ろした。スコッチの瓶から酒をグラスに注ぎ、ひとつを遺骨の前に置き、ひとつを手にした。

「長官がブーゲンビルにお立ちになる前にお出しくださった手紙は受け取りました。長官は覚悟されていたのですな。おかげで〝やつら〟がいることはよくわかりました。

長官のおっしゃるとおり、もし空からの攻撃があれば、爆発力といい、飛弾距離といい四六センチ砲に勝るものはありません。その時が早く来ればいいと思います。

大和の改装は予定どおり実行されます。〝やつら〟の攻撃に備えるためにも、性能のいい電探は不可欠ですからな。〝やつら〟は、今度はわたしを狙ってくるでしょう。よい知らせを持ってあの世にいけることを願っております。長官、どうか、わたしを見守っていてください」

新連合艦隊司令長官古賀峯一大将は、グラスを掲げ口に運んだ。


二週間後の昭和十八年五月八日、武蔵の作戦室

に第四艦隊、第二、第二二航空戦隊、第三、第四、第五、第六根拠地隊の参謀たちが集められ、黒島先任参謀から、山本長官の戦死と古賀峯一大将の連合艦隊司令長官就任が参謀たちの間に公表された。

作戦室の窓から、呉での改装のため出港してゆく大和の姿が見えた。

同じ頃、北のアリューシャン列島のアッツ島に米軍が上陸したとの情報が入った。

古賀大将は武蔵以下の艦隊を率いてトラック島を離れ、北上した。トラック島を手薄にするのは本意ではなかったが、アッツ島を放ってはおけなかった。だが、古賀大将の艦隊が木更津まで来た時、アッツ島守備隊三五〇〇は玉砕し、結局連合艦隊はトラック島に戻った。

米軍の圧倒的な兵力が日本の占領地域の制空権を奪い、着々と島は取り返されつつあった。トラック島が次の目標となるのは明らかだった。大和は改装を終え、八月二三日トラック島で艦隊に合流した。この間に大和の艦長は、松田千秋大佐から大野竹二大佐にかわっている。

ここに、大和と武蔵がそろった。

アメリカ軍はますます戦力を集結していた。九月に入って、大本営は御前会議で戦争指導方針を定め、その中で『絶対国防圏』が決まった。マーシャル諸島のトラック島はその最南端である。

十月に入って、アメリカ軍はギルバート諸島のタラワ環礁に攻撃を仕掛けてきた。連合艦隊は決戦の場を求めて出撃したが、敵と遭遇できず、空しく引き返したのだった。さらに十一月の後半、タラワに米第二海兵師団が猛攻撃をかけてきた。数日後、タラワの海軍陸戦隊は全滅する。

大和は兵員や物資を運ぶため、トラック島と呉を往復する日々が続いていた。大和はトラック島西わずか八〇海里の海域で、右舷後部に魚雷攻撃を受けた。米軍の潜水艦の数が増えていた。

その頃から、古賀峯一大将はもの思いに沈むことが多くなった。むろん兵たちの前ではいつもとかわらない落ちついた表情だが、私室でひとりになると、腕を組んでじっと物思いにふけっていた。

年が改まった昭和十九年一月一〇日、大和は再び修理のため呉に戻った。

6

そんなある日、ドイツ大使館付武官オットー・H・ウェネガー少将が呉の造船所見学にやってきた。大和の構造、とりわけ兵器部分は軍事機密である。窓口となった呉鎮守府司令長官野村直邦《なおくに》中将は、できるだけ早足で見学を終えさせるよう心がけた。

ウェネガー少将は古賀峯一大将に会いたいと突然いいだして、野村中将をうろたえさせた。古賀大将はトラック諸島で、連合艦隊の指揮をとっている。会見の理由をきくと、表敬訪問だという。

野村は断ったが、ウェネガー少将がどうしてもというので、大将と連絡をとった。野村が驚いたことに、古賀大将は翌日飛行艇で呉に到着した。

古賀峯一大将とウェネガー少将は、呉の料亭『グッド』で会見した。グッドとは海軍のスラングである。本当の名前は『吉川』という。

ちなみに呉の料亭『岩越』は『ロック』、『華山』は『フラワー』、横須賀の料亭『魚勝』は『フィッシュ』、『小松』は『パイン』——英語のもじりが多い。

宴会には呉鎮守府司令長官の野村中将を始め参謀たちが同席したが、座が盛り上がったところで、ウェネガー少将がトイレに立った。少し遅れて古賀が席を立った。

中庭には池が設けられている。廊下を行くと、明かりのついていない部屋の前にダークスーツの男が立っていた。金髪で眼が青い。ウェネガー少将の護衛をしている男だった。

「長官、どうぞ」

男はドイツ語でいった。

古賀は室内から招かれて中に入った。背後で障子が閉まった。護衛の後ろ姿が映っている。ウェネガー少将が床の間の前に立って、掛け軸の山水の図を見るともなく見ていた。古賀を振り返って話し始めた。古賀も立ったままである。

「時間がありません。取り急ぎ、用件だけお伝えします。カナーリス提督から、連合艦隊司令長官どのへの伝言です」

「……うかがいましょう」

「いや、その前にやはり、事情を確認しておいたほうがいいでしょう。〝やつら〟の件はご承知と存じますが」

「山本五十六長官から引きついでおります。長官の撃墜を引き起こしたのは魔物の仕業と思っています」

「そうです。ミッドウェーの敗北もやつらのせいでしょう。山本五十六大将はそれに気づいておられたと推察します」

「それで」

古賀は先を促した。

「集結した〝やつら〟は水の中でしか生きられません。水蒸気になって雲になることはできますが、生物として地表に上がることはできません、それには受精が必要なのです」

「受精とは、また」

「やつらは地球外の宇宙から来たとわれわれは判断しました。そして海底という子宮に棲んで地表に出るのを待っているのだと。やつらは一九〇八年にツングースに着陸しましたが、陸上に定着することには失敗しました。それは、やつらが水の生命体で陸上には棲めなかったからです。

受精がなければ地上の生命は生まれない。その受精に当たるのが、かれらの本国からの第二陣だとわれわれは推察したのです。それは当たっていました。はるか宇宙の彼方で地球に向かう光をわれわれは発見しました。その地球到着の時がわかりました。カナーリス提督からのメッセージとは、その日取りなのです」

「いつなのです」

「来年の四月七日、昼から午後二時にかけて。もちろん日本時間です」

「そんなにはっきりとわかるのですか」

「われわれの天文観測技術は世界一です」

ウェネガー少将は得意そうなものを匂わせていった。

「といっても、この天体観測の基礎を作ったのはユダヤ人です。アインシュタイン博士をご存じですか」

「名前だけは聞いています。あなたがたナチスに追われてアメリカに渡った」

「そうです。アインシュタインは一九三三年までベルリン大学で教鞭をとるかたわらカイザー・ヴィルヘルム研究所の物理学部長でした。その頃から相対性理論を唱え、独自の宇宙論を展開していました。強い重力場の中では光は曲がるというのです。つまり、何万年もかかるような宇宙旅行が理論的には数年で可能だということなのです。そのため天体の観測設備も強化されました。

皮肉なことにアインシュタインは敵国アメリカに渡りましたが、設備は生きました。その結果得たのが、この日時だったのです。

その時刻、やつらがどんな乗り物でやってくるのかわかりません。あるいは隕石の形をとっているかもしれません。充分に迎撃態勢をとっていただきたいのです」

「この魔物のことは、総統はまだご存じないのですか」

「ええ。アメリカが参戦して、わが国は苦戦しております。総統はそれどころではありません」

廊下の向こうで人声が聞こえる。

「あまり長いと疑われます。わたしの用件は、来年一九四五年四月七日昼から午後二時という時刻を伝えることだけだったのです。よろしいですか。一九四五年四月七日ですよ」

「あいわかりました。あなたがたのおかげで優秀な電探を備えることもできました。やつらを充分迎え討ってやりますとも」

「それは結構。ではこれで」

ウェネガー少将は出ていこうとした。

「ひとつ教えていただきたい」

古賀は背後から声をかけた。

「なぜカナーリス提督は、われわれにそう親切にしてくださるのですか？　総統に知れたら、生きてはおられますまいに」

ウェネガー少将の肩がぴくりとしたように思う。長身のドイツ軍人は振り返っていった。

「……アインシュタイン博士が今アメリカで何をしているかご存じですか」

「いえ」

「アメリカは原子爆弾の開発を急いでおり、その背後にいるのがアインシュタイン博士なのです」

「原子爆弾」

古賀峯一大将もうわさでは聞いたことがあったのだが。

「恐ろしいものですよ。一発で都会ひとつが吹き飛んでしまいます。お互いにそんな爆弾を使うようになったら世界はおしまいです……総統の時代も長くはありません。日本もやがて敗れるでしょう。

その時までに『魔物』を倒しておくことは、われわれ共通の問題ではありませんか。カナーリス提督はそうお考えになっているのです」

ウェネガー少将は出ていった。古賀は暗い中で腰を下ろし煙草に火をつけ、長い間そのままでいた。

7

昭和十九年一月二五日、大和の艦長は大野大佐から森下信衛大佐にかわった。大和が修理のため呉にいる間、トラック島の基地は重大な局面に立たされていた。

一月三〇日、H・スミス海兵少将指揮の第五水陸両用軍団四万がクエゼリン環礁に殺到《さっとう》した。ロイ・ナムールの基地はそれに先立つ艦砲射撃で壊滅、クエゼリンは二月二日に陥落した。その二日後には、B29の編隊が高空からトラック基地に爆弾の雨をふらせた。

その激しさは想像を絶したものだった。前線視察に来ていた陸軍の参謀たちは愕然《がくぜん》とした。マーシャル諸島はもはや持ちこたえられないと、古賀は判断した。

古賀はトラック島基地の艦船をパラオ諸島に回航させておいて、自らは武蔵、重巡大淀《おおよど》と駆逐艦三隻で横須賀に向かった。

軍令部は、連合艦隊司令長官のトラック撤退案に難色を示したが、二月一七、一八両日、ミッチャー派遣の延べ四五〇機による艦載機の九波の攻撃でトラックの航空兵力が壊滅すると、古賀の意見に従わざるを得なかった。

死守すべき決戦線として、千島列島から本州東方洋上より、南方諸島マリアナ・カロリン諸島、西部ニューギニアを結ぶ線が規定された。そして、それに基づく『Z作戦要項』が下令された。

連合艦隊も再編された。武蔵を始めとする主だった戦艦、空母はひとまとめにして第一機動艦隊、大和は修理が終わり次第、第一機動艦隊第一戦隊の旗艦となることに決まった。

宇垣纏中将は第一戦隊の司令官として赴任した。宇垣は山本五十六大将が撃墜された時、もう一機に乗っていて被弾、重傷を負った。その後、一線から身を引いていたが、傷が癒《い》えると再び登場することになったのだ。

宇垣中将は大和の長官公室で山本五十六の復讐を誓った。

その大和が修理を終え、パラオで武蔵や他の連合艦隊の主力と合流したのは、三月一五日のことだった。

だが、パラオの基地も長くは続かなかった。三月三〇日、三一日の両日、ミッチャー少将麾下《きか》の第五八機動部隊の艦載機がパラオを激しく空襲した。航空戦力が壊滅状態にあるパラオ基地は瀕死の状態となった。

そのため今度は、連合艦隊司令部はフィリピン・ミンダナオ島のダバオに移されることになった。

古賀大将の飛行艇がダバオに向かってパラオを離陸したのは、三月三一日午後九時四〇分のことである。

一番機の操縦士は難波正忠《なんばまさただ》大尉。古賀峯一大将

の他、機関長上野大佐、首席参謀柳沢大佐、その他五人が搭乗していた。参謀長福留中将たちの乗った二番機が遅れて飛び立ち、三番機の離陸は日付けのかわった午前一時五一分のことである。

8

「このままではダバオ着は相当遅れますな」

首席参謀の柳沢大佐が飛行艇の後部座席から身を乗りだしていった。

古賀峯一大将は腕組みしたままうなずいただけだった。

長官の一番機は雲の中を飛んでいた。

操縦桿をにぎっていた難波大尉は時計を見た。蛍光塗料《けいこうとりょう》をぬられた文字盤が午後十一時を示していた。パラオの基地を離陸してからすでに一時間以上が経過していた。約五〇〇キロ、通常に飛べば三時間半の行程である。午前一時には目的地に到着するはずだった。

しかし、途中低気圧が接近しているとの情報で迂回《うかい》することにした。ようやくもとのコースに戻ったが、今度は低気圧のほうから押し寄せてきて、風と雷鳴が飛行艇を襲い続けた。あっという間に、飛行艇は嵐の真っ只中に入ってしまったのだった。

「かえって天佑《てんゆう》かもしれないな。敵の偵察機もこれではわれわれを見つけることはできまい」

機関長の上野権太大佐が髭《ひげ》をなでた。アメリカ軍が夜間の偵察を嫌うのはとっくにわかっている。

　飛行艇がいきなり落下して、大佐は吊り革にしがみついた。

「失礼しました。乱気流です」

　操縦士の難波大尉は責任の重さをひしひしと感じていた。連合艦隊司令長官の命が、彼の両肩にどっしりとかかっているのだ。

　難波大尉は真珠湾攻撃でも攻撃に参加したベテラン操縦士だった。難波の脳裏に山本五十六大将の一式陸攻の操縦士、『リットル』こと小谷立飛行兵曹長のことが頭に浮かんだ。小谷立飛行兵曹長は難波大尉になついていた。彼は山本五十六大将を無事生還させることができなかった。さぞ無念だったことだろう。

　難波大尉もまた連合艦隊司令長官を乗せて、同じ任務についているのだ。もっとも、今のところはアメリカ軍より危険な低気圧と戦っているところなのだが。

　稲妻が走ると、視界一杯の雲の峰が圧倒的な大きさで浮かび出た。雲が動いているように見えないのは、それほど大きいということだった。青白い稲妻はあちこちで走り、そのたびに白熱した炎が雲海《うんかい》に上がるように見えた。

　突然、難波大尉の視界の端に何かがかかった。光るもの……。

「あれは」

　柳沢大佐が指さした。

　稲妻とは違う。稲妻が消えてもまだ残っているのだ。眼の残像かと思ったが違う。一貫してぼんやりと光るものが、左前方上空をゆっくりと飛んで行くのだ。

「敵かな」

機関長の上野大佐が身を乗りだした。

「違うな」

答えたのは、意外なことに古賀峯一大将だった。難波は驚いて振り返った。

「あれを追うんだ。そして、撃ち落とせ」

古賀が激しい口調でいった。

「敵機でしょうか。敵ならば自ら罠にはまるようなものです。このまま、行きましょう」

上野大佐がいさめるようにいった。

「まだ、我々には気づいていないようです」

「いや。我々のことをやつは気づいている。あれは挑発だ。追うのだ」

古賀は難波大尉を促した。


嵐の中で速度をあげるのは危険だった。しかも、追い風だ。

光る玉は、雲の中を右に左にゆっくりと移動しながら飛んでいた。決して追いつくことのできない逃げ水のようだと難波大尉は思った。

「あれはなんでしょうか」

柳沢大佐がいった。

「敵の謀略兵器に違いありません」

上野大佐が頬をこわばらせた。

「このままでは、燃料が心配です。銃撃してよろしいですか」

古賀は少し考え、

「よし、後で回収する。撃て。撃ち落とすんだ！」

バリバリと蜜柑《みかん》色の弾道が空中を走った。翼が揺らぐので、命中にはほど遠い。

うっそうとした雲の峰の中をしばらく追っかけが続いて、光は厚い雲にのまれた。

いきなり、前方に丸く視界がひらけた。

まるで巨大な洞窟に入ったのかというのが難波大尉の印象だった。真っ暗な雲のトンネル。だが眼下にきらめいているのは明らかに夜の海だった。上空から密雲がどんよりと水面近くまで降りていて、そのため、トンネルのように見えるのだった。

難波大尉はあの光る物体がどこにいるのか警戒の目を光らせた。同乗している偵察兵は目を雲海に走らせ、射手は機銃の銃把をにぎりしめた。

だが、雲の間に入ってしまったのか、相手の姿はどこにもなかった。

航海士が、ダバオへの既定の航路に出たことを告げた。午前零時になろうとしている。このままではダバオ到着は夜明けになってしまう。到着予定時刻は午前一時なのだ。

無線でパラオへ長官の無事を連絡したかったが、無線は嵐の影響で不調になっていた。

上空に出るのはできそうにない。飛行艇は強風をさけるため、高度五〇メートルの海面上空でダバオに針路をとった。

突然前方の海面が盛り上がり、多量の水が噴き上がった。ときならぬ水の噴流は飛行艇の前に立ちはだかった。

一体何が起こったのか、難波大尉には一瞬わからなかった。

いそいで操縦桿を引いて逃れようとしたが、右翼の端が噴流の上部にひっかかった。

巨大な水の柱である。

飛行艇はバランスを崩した。速度を上げ、どうにか機首を立てなおすかと見えたが、失速して尾部から海面に突っこみそうになった．

難波大尉が水平舵を倒した。一式陸攻はかろうじて着水した。

転倒しなかったのは難波大尉の操縦のうまさ故だったろう。

9

飛行艇は海面に浮いていた。水柱はおさまって波紋が広がっていった。

どんよりした雲の奥がぼんやり明るくなった。

また、あの光の玉が現われたのか。月齢《げつれい》は六日半。半月がかかっていた。

飛行艇の右の翼はなかほどから折れ曲がってしまっている。無残な切り口から燃料を垂らしながら、飛行艇はどうにか海面に浮いているのだった。幸い機体の浸水は遅く、しばらくは時間がかせげそうだった。

無線はあいかわらず回復しない。月明かりが翳った。その時、難波大尉は海面にいくつも点在する丸いものをみた。機雷だろうか。いや……。

誰かが泳いでいる。

難波大尉は拳銃を抜いた。大佐たちも拳銃を抜き、安全装置を外した。

頭はひとつではない。ぐるりと飛行艇をとりまくようにして迫ってくるのだった。

いきなり機体に飛び乗ってきたものがある。月光に照らされたその姿に、難波たちは一瞬すくみあがった。

両肢は蛙のように曲がり、両手はそれと同じように長かった。突き出た前額部、潰れた鼻、分厚い唇が浮き上がった。全身に生えた剛毛《ごうもう》は水に濡れてべっとりと光っていた。ゴリラかと難波大尉は思った。なぜゴリラがここに現われたのか。

難波大尉は発砲した。ゴリラは脇腹を押さえて、怒りの声をあげた。それでもぴょんと宙に舞って襲いかかった。難波大尉の次弾が額を射ぬき、怪物は海に転落した。

同時に背後で悲鳴が上がった。射手の近藤中尉がべつの怪物に海に引きこまれた。

柳沢大佐と上野大佐は古賀大将をかばって、拳銃を構えた。

怪物たちは海面から這い上がってくる。その重みで飛行艇はぐらぐらと揺れた。難波大尉は艇内から持ち出した信号弾を怪物めがけて発射した。

怪物が火だるまとなって海中に落下する。一頭が両手を伸ばして掴みかかってくる。柳沢大佐が抜刀して、一刀のもとに首を切り落とした。その首が難波大尉の脇腹をかすめた。

その時、難波大尉ははっきりと見た。潰れた耳たぶの裏側に斜めの筋が入って動いている。ゴリラの頬が膨らむと見えたのは、エラだったのだ。

上野大佐がゴリラたちを撃ち落とした。

残りは海中に消えた。

「なんなのだ、あいつらは」

柳沢大佐が呆然《ぼうぜん》とつぶやいた。誰もが同じ気持ちだっただろう。

「しかし、ゴリラがいたということは陸地に近いのです」

難波大尉はいった。

「そうはいうが、パラオとダバオの間に島なんかないはずだ」

上野大佐が首を傾げた。

その時、艇が動きだした。巨大な渦が生じて、艇は翻弄され始めた。

難波正忠大尉はとっさに古賀峯一大将に突進して抱き抱えた。つぎの瞬間、一同は艇とともに渦巻きの中に投げ出された。

10

渦は凄まじい速さで回転し、海底に向かって三角錐をなしていた。飛行艇はその壁面を下ってゆく。

「放したまえ」

古賀が呻いた。

「奴らの狙いは、このわたしなのだよ」

聞き返す余裕は難波大尉にはなかった。なんといわれようと連合艦隊司令長官を護ることは自分の使命なのだ。

渦の底に何かが見えた。ヒトデに似た大きな口だ。兵のひとりが吸いこまれてゆく。難波は聴こえぬ悲鳴を聴いた。口が閉じた。噛み砕かれる骨の音まで聴いたような気がした。その口が伸縮《しんしゅく》を繰り返しているのに気づいた時、難波は恐怖にすくみあがった。こいつに飲みこまれてなるものか。

艇を降りる時、手榴弾を腰につけてきたことが幸いした。大尉はピンを抜き、はるか下のヒトデに向かって投じた。

手榴弾は弧を描いて落下し、ヒトデの口に入りこんだ。一瞬おいて、ずずんと鈍い響きが伝わってくる。あっという間に、三角錐が下から盛り上がってきて、難波と古賀大将は水面に浮上した。

もはや柳沢大佐たちの姿はなかった。皆、飲みこまれてしまったのだろうか。飛行艇のテーブルの切れ端が浮いていた。それに掴まって、難波と古賀は漂うことになった。

「すまないな、君を巻きこんでしまった」

「何をいわれます。それより、〝やつら〟は一体なんだったのでしょう。ゴリラのようでもあり、といって……」

「〝やつら〟は日本を狙っている怪物だ」

古賀はあおむけになって空をあおいだ。黒雲がどんどん飛び去ってゆく。

「日本の本当の敵は〝やつら〟なのだ」

「〝やつら〟とはなんのことです」

「宇宙から地球に下りてきて、東シナ海の底で繁殖しておる。どうやら、魚や動物や、果ては人間までも巻きこんで、仲間としているらしいのだ。

〝やつら〟は日本を狙っている。戦争を煽《あお》りたて、死人を増やし、その血を奪っている。戦争より恐ろしくおぞましい。それが〝やつら〟なのだ」

「どうして、そのようなことがおわかりなのです？」

「ドイツのカナーリス提督を知っているか」

「はい。ドイツ陸軍の名誉ある軍人です」

「そうだ。そのカナーリス提督が米内大将にUボートを使って密書を届けてきた。まだ、日米開戦前のことだ。その密書には、東シナ海の某海域に宇宙から来た〝やつら〟が巣くっており、日本を狙っていると書かれていた。〝やつら〟はこの段階では、海の中でしか生きられない。

日本はアメリカに戦いを仕掛けるべきではない。〝やつら〟は日本に上陸するために日本兵の血がほしい。だから、戦争の尻《しり》を叩く。そしてある程度戦いが終わり、やつらの生命力が高まった頃、再び宇宙から〝やつら〟の〝仲間〟が舞い降り、巣窟に刺激を与える。そうすると、〝やつら〟は、深海から浮上し、日本列島に上陸し、同化するだろう。日本人の血はやつらに汚され、〝やつら〟は日本の、やがては地球の支配者となる——。そう警告してきたのだ」

「そのことを、米内大将は信じられたのですか」

「ああ。米内大将は山本五十六大将に相談した。大将も信じたのだな。この秘密は連合艦隊司令長官の申し送り情報とした。直接〝やつら〟と戦うことになる関係者しか知らないことだ。

大和はこれに対抗する装備をほどこした軍艦だ。〝やつら〟の強さは計り知れない。大和の四六センチ砲だけが、これを倒すことができるとわれわれは判断した。〝やつら〟は、それに気づいて山本大将を殺した。

そして今、このわたしの命をほしがっている。間もなく、わたしを迎えに来るだろう。君には逃げてほしい。幸い海は静まっている。泳げるだけ泳いで、ここを遠ざかるのだ」

「できません。そんなこと」

「長官命令だ」

その時、脇腹にどすんと当たったものがある。三角形のヒレが視界をかすめた。鮫だ。難波大尉は反射的に短剣で水面下をはらった。

鮫が大きな口をあけて、大尉をのみこもうとした。

その鮫が背後からぐいと引かれ、次の瞬間、真っ赤な血を噴き上げて水面に跳ね上がった。その鮫を咥えているのは、黒い巨大な魔物だった。

海水が盛り上がったが、暗いのでそう見えたのかもしれない。黒々とした海水の中に鮫はみるみると飲みこまれてゆく。そのままのしかかってきた海水は、古賀大将の片腕にかかり、彼を引いた。

「さらばだ、難波大尉」

古賀峯一大将の身体が頭から黒い水柱の中に消えてゆく。難波大尉は手を伸ばしたが止めることはできなかった。生臭いにおいが彼の鼻孔《びこう》を刺激した。それでも飛びかかると、水柱が刃のように首すじをかすめ、難波大尉の首はころりともげた。

波は穏やかさを取り戻した。

雲が流れ、その下を長官機を探す偵察機が飛んだが何も見つけることはできず通過していった。水平線を夜明けの光が血の色に染めた。

第六章　レイテ沖海戦

1

宇垣纏中将は大和の長官公室の窓から、リンガ湾の目映い海面を見ていた。海面には第二艦隊の僚艦が一幅《いっぷく》の絵のように停泊していた。南海の空はぬけるように青く、岸辺の緑は眼にしみるようだ。リンガ湾はマニラに近い天然の良港だった。

「長官、何をお考えなのです」

入り口に立った艦長の森下信衛大佐がいった。公室の花瓶には森下大佐が長官への土産として呉からはるばる苦労して運んできた桜の枝がいけてあった。

昭和十九年四月五日、古賀峯一大将は殉職《じゅんしょく》とみなされ、後任として横須賀鎮守府司令長官豊田副武大将が、五月三日連合艦隊司令長官に就任した。

修理を終えた大和は、重巡摩耶・駆逐艦二隻とともに呉からマニラをへて、五月一日リンガ泊地に到着した。第二艦隊第一戦隊長官宇垣纏中将は四日、長門から大和に移り、大和は正式に第一戦隊の旗艦となった。

宇垣纏中将は連合艦隊旗艦当時のかつての長官公室・私室に入り、山本五十六大将を偲《しの》んでいるのだった。

「艦長、やはり〝やつら〟はいた。山本大将をやったのも古賀大将を手にかけのもあいつらだ。昭和二十年四月七日に〝仲間〟が天空から東シナ海に下りるという。俺はしっかりと覚えておくぞ」

「ご安心ください。大和にも武蔵にも、優秀な主砲射手を用意して備えは万全です。東シナ海に〝やつら〟の親玉が現われ次第、撃墜してくれますよ」

「その時、大和と武蔵を自由に使えればよいが。アメリカとの戦いはますます厳しくなるだろう。悔しいな、艦長。その間に太平洋のあちこちで日本兵たちが、〝やつら〟の餌食《えじき》になっているかと思うと。連合艦隊司令長官を狙うとは、だいぶ智恵が働くらしいな」

「東シナ海に行ってD海域に爆雷攻撃をかけてみましたが、深海一〇〇〇メートルとなると効果があったとは思えません」

「ちくしょう。しかたがないかな。われわれの当面の敵はアメリカだ」

「ところで」

森下大佐は口調をあらためた。

「軍令部はあたらしい作戦方針を決定したとうかがっておりますが」

「『あ』号作戦のことだな」

「はい。詳しくお聞かせ願えませんか」

「弱腰の作戦だ。パラオと西カロリンに敵を待ち受けて、一挙に撃滅するというのだ。敵がうまくわれわれの思うようにきてくれるはずがないだろう。希望的すぎるのだ。

こうして手をこまねいているより、われわれのほうから出ていって、敵の艦隊のかたわれを見つけ次第、倒すべきだと思うがね」

「自分もそう思います。大和で出ていって、一発かませれば……」

「艦長、とにかくアメリカを追い払うことだ。悔しいが〝やつら〟と戦うのはそれからだな。俺たちはタウイタウイに移ることになるだろう」

「フィリピンとはまた、ずいぶん引くことになりますが」

「ミッドウエー以来、われわれは押されっぱなしだ。マーシャル諸島のリオットからトラック島へ。マリアナ諸島をとられ、パラオも追いはらわれ、フィリピンのダバオも無事ではいられなくなった。そして、タウイタウイ島だ。

横一直線に追われている。このままフィリピンを奪われたら、やつらは今度は直角に北上して日本本土に襲いかかるだろう。しかしまあ、タウイタウイは南海の楽園だ。艦長、鳥撃ちにでも付き合ってもらえるか」

「そいつは……」

「冗談だよ、艦長」

2

タウイタウイ島は、ボルネオ北東部に近いスル諸島南西端の南海の楽園だった。空には目映い雲が湧き、森には原色の派手な羽と尾をした鳥が鳴き、緑と濃紺の海には勢いのいい魚が満ち溢れていた。これほどのどかな世界がこの地球上にあるだろうかと訪れる者に思わせた。

五月一六日、そののどやかな島の沖合に連合艦隊は集結した。

戦艦大和を始め、空母大鳳、翔鶴の第一航空戦隊、空母隼鷹、飛鷹、龍鳳の第二航空隊、空母千歳《ちとせ》、千代田《ちよだ》、瑞鳳の第三戦隊、第一〇戦隊、そして武蔵――『あ』号作戦の準備は整ったのである。

第一機動艦隊司令長官小沢治三郎中将は、旗艦大鳳《たいほう》に各部隊指揮官を集め、『あ』号作戦に関する決意をのべた。

小沢治三郎は長い駆逐艦生活をへて連合艦隊参謀をつとめた海の男だが、日中戦争時には第一、第三航空戦隊の司令長官をつとめ、航空戦にも経験が豊かだった。日米開戦時には南遣艦隊長官として南方侵攻作戦を指揮した。そして今、連合艦隊の命運を賭けた第一機動部隊の司令長官として作戦を指揮することになったのだ。

宇垣中将は、この『あ』号作戦の〝敵襲待ち〟の態勢がどうしても気に入らなかった。

折りも折り五月二七日の海軍記念日、米軍は西ニューギニアのビアク島に上陸した。これを放っておいたら大変なことになると宇垣は思っていた。ビアク島に敵が飛行場を建設したら、パラオは東はおろか南からも攻撃され、完全に敵の制空権下に入ってしまう。

宇垣中将は深夜内火艇で小沢中将の旗艦大鳳に乗りつけ、すぐさま出撃するよう直談判《じかだんぱん》に及んだ。

小沢中将は機動艦隊の任務は敵艦隊の撃滅にあること、そしてビアクでの作戦には訓練がたりないと返答してきた。かわりに、第五、第一六戦隊によりビアクへ海上機動第二旅団を輸送する

『渾《こん》作戦』が下令された。

「射撃用意、目標、二万メートル先の岩礁」

大和の主砲指揮所では砲術長の号令を受け、椎名為一中尉が主砲の引き金に指をかけた。開戦当時兵曹長だった椎名は中尉に昇進していた。

接眼鏡の中には白い波を嚙む岩礁が広がっている。艦隊の集中射撃訓練が行なわれているのだ。

「射撃用意よし！」

ブブッと短く三回、長く一回のブザーが指揮所内にくぐもった音を立てた。轟音と衝撃が襲い、森からは名も知れぬ原色の鳥の群れがおどろいて舞い上がった。

しばらくして岩礁に高い水柱が九本上がった。岩礁は形なきまでに吹き飛んでしまったことだろう。

「射撃用意！」

伝声管から声が降ってきた。椎名たちは顔を見あわせた。宇垣長官の声である。司令がじかに命令を伝えるのは珍しいことだった。

「目標、右三〇度、目標、人型をした入道雲、高度一万九〇〇〇、距離二万五〇〇〇」

すごい、というのが主砲指揮所の兵たちをとらえた思いだった。四六センチ砲を最大仰角四五度で発射すると、ギリギリ一万九〇〇〇の高さまで届く。主砲の限界を試射しようというのだ。

宇垣長官がいらだっている様子は艦隊の兵すべてがわかっていた。出撃を手控え、憤懣《ふんまん》やるかたないといった落ち着きのなさで艦橋を往き来している。

いつも無表情な宇垣には『黄金仮面』というあだ名があった。それがここ数日は『仮面』を紅《こう》潮《ちょう》させ、参謀たちもまるで取りつく島もない始末である。

「発射用意よし！」

九門の主砲が空に向かって火を吹いた。轟音はあたりの山々に、水平線にこだました。

ふと主砲射手の椎名中尉は不思議に思った。今のところB29でも高度一万がいいところだ。二万近い高度はいわゆる成層圏で、まだ飛行機の飛べない高度だ。ひょっとして宇垣長官は、敵がもっとすごい兵器を開発したことを知っているのではないかと思った。それとも別の敵か……。そんなことがあるわけはないと、椎名は打ち消した。

3

六月三日ダバオを出発した『渾部隊』は、B29爆撃機の接触を受けたため、いったんは作戦は中止されそうになったが、連合艦隊司令部は逆に硬化し、六月一〇日、大和、武蔵と第二水雷戦隊によるビアク島付近の敵艦隊撃滅と敵陸上部隊砲撃を命じた。

大和と武蔵はあわただしく給油を終え、その日のうちにタウイタウイ島を出発した。セレベス海を渡って南下、ハマルヘラ島南西のバチン島泊地に向かった。

翌日ビアク島攻撃の準備をしていると、連合艦隊司令部から本隊へ復帰せよと電令が入った。

『あ号作戦決戦用意』

敵のサイパン攻撃が激化、敵主力艦隊との決戦の時が近いと判断されたのである。もはやビアク島どころではなかった。

「いよいよ、本格的な決戦が始まるぞ!」

宇垣中将はいきりたった。さっそく大和と武蔵をふくむ第一戦隊、第五戦隊、第二水雷戦隊は、月明かりの海を速力二〇ノットで北上した。

同じ頃、小沢の第一機動艦隊もタウイタウイ島を離れ、スル海を北上した。大和は一六日午後、第一機動艦隊と合流した。

午後四時、小沢治三郎中将指揮の機動艦隊六〇隻は、サイパンめがけて進んだ。大和は前衛の右翼先頭第一一群にいた。

サイパン島攻略に出動してきた米艦隊は、米第五艦隊司令長官レイモンド・スプルーアンス大将が率いるM・ミッチャー中将の第五八機動部隊とその他の部隊だった。空母一五隻、航空機九〇〇機を中心とする九三隻の大兵力である。

小沢艦隊の戦法は、三五〇から四〇〇マイル離れて攻撃する、いわゆるアウトレンジ戦法だった。

この戦いの主役が、大和と武蔵の長距離射程を誇る四六センチ砲であることは自明だった。ミッチャー中将もそれを熟知していた。戦艦どうしの戦いは避けねばならない。お互いに相手を索敵しながら、決戦の時は迫っていった。

六月一九日。艦隊は三群に分かれて進んだ。

第三航空戦隊と第二艦隊の大部分からなる前衛部隊は、グアム西方に位置し、その後方一〇〇マイルに小沢艦隊が位置した。第一航空戦隊と第二航空戦隊の間隔は約一〇マイルであった。

午前三時三〇分から三段にわたって計四四機の索敵機が発進した。

午前七時二五分、第三航空戦隊から第一次攻撃隊が発進。空母千歳、千代田、瑞鳳から爆撃機四三、攻撃機七、戦闘機一四が次々と飛び立った。

午前七時四五分、小沢部隊の空母大鳳、瑞鶴、翔鶴から攻撃機二七、爆撃機五三、戦闘機四八、計一二八機の攻撃隊が発艦を開始した。

午前九時、第二航空戦隊の空母隼鷹、飛鷹、龍鳳から、攻撃隊四九機が発艦した。おって午前一〇時五〇分、第一航空戦隊、第二航空戦隊は第二次攻撃隊を発進させた。第一次攻撃隊と合わせて、総計三二四機、小沢艦隊航空兵力の七〇パーセントを超える決戦態勢だった。

かくて『マリアナ沖海戦』は始まった。

しかし――結果は無残な敗北だった。

接触してわずか三〇分後、米潜水艦キャパラの魚雷攻撃で、空母翔鶴が撃沈された。午後二時三二分、今度は旗艦大鳳が魚雷攻撃を受け沈没。小沢治三郎中将は駆逐艦若月、ついで重巡羽黒に移乗した。

南海の夕日が水平線を茜《あかね》色に染め、やがて満天の星空となった。

第一次、第二次攻撃隊で帰艦したのは、わずか一〇〇機。惨憺《さんたん》たる結果だった。航空決戦兵力の四分の三がこの戦いで失われた。

4

大和の艦橋では宇垣中将が長官椅子に腰かけたまま、腕組みをし、むっつりと唇を嚙みしめている。森下信衛大佐ももくもくと煙草をふかすだけだった。

「これは……〝やつら〟のなせる業でしょうか」

森下大佐が小声で訊いた。

「違うな。これは人間同士の戦いだ。それが救いだよ。我々は純粋に戦で負けたんだ」

宇垣は暗い波濤《はとう》を見ながらいった。

それでも手傷を負った小沢艦隊は北上を続けた。残存兵力をあげて第二ラウンドにのぞむつもりだった。

二〇日午後六時四七分、小沢艦隊の上空は米艦載機の群れに覆われた。ミッチャー中将麾下のストリーン中佐の攻撃隊二一六機であった。片道二時間の長駆。攻撃隊は空母を集中的に攻撃した。

大和の九門の四六センチ砲が鎌首《かまくび》をもたげた。ぐうんと一斉に敵機の編隊に銃砲を向けた。『主砲、発射用意』の合図に、大和の備えた副砲、高角砲、機銃のすべてが作動をやめた。主砲の衝撃を避けるためだ。

「目標、右四〇度、高度八〇〇〇。発射用意」

「発射！」

海面にさざ波がたつほどの衝撃が大和を揺るがせた。

三連装九門の砲は一門ずつ微妙に時差をもって発射される。だが、聞く耳には一度に発射されたとしか思えない。砲声はいんいんと鳴りわたった。

アメリカ機の編隊の中央で真っ白な花火が破裂したと思うと、付近を飛んでいた機が四方へ弾かれるのが見えた。八機のアメリカ機が一度にきりもみしながら落下した。

この日の攻撃で米機二〇機が撃墜された。とはいうものの、ストリーン攻撃隊により、小沢艦隊は壊滅的な敗北を喫した。

空母飛鷹が沈没、瑞鶴、千代田と戦艦榛名、重巡摩耶が被弾、油槽船二隻が被弾し処分されたのである。

小沢艦隊は残された大和ら水上部隊で決戦に挑もうと進んだが、もはや艦載機わずか六一機では、機動艦隊の目的は果たすことはできなかった。

二一日夜明け、小沢艦隊は二分された。大和は一部の艦隊とともに沖縄の中城湾《なかぐすく》に、残りはフィリピン南部のギマラス泊地に引き上げることになった。

大和が僚艦とともに、灰色の雲のもと、風雨の吹きすさぶ沖縄中城に入港したのは、六月二二日の昼のことだった。

宇垣纏中将は空母瑞鶴に小沢治三郎中将をたずねた。他の指揮官たちも集まった。指揮官クラスに動揺は見られなかったが、敗軍であることは汚れた軍服と被弾した瑞鶴が何よりよくしめしていた。

大和は翌日整備のため、呉に回航することになった。

宇垣中将の頭の中から〝やつら〟のことがはなれなかった。そのため、〝やつら〟の巣窟といわれる東シナ海の海域を通ってみた。しかし、何も異変を見い出すことはできなかった。

大和が呉に到着したのは、二四日の夜のことだった。呉に到着すると、大和以下駆逐艦以上の全艦の対空砲火が強化されるとともに、各艦に『二二号電探改良型』が装備された。

それまでの二一号電探は対空見張り用だったが、二二号電探は最大有効距離三五キロ、最小有効距離一・五キロの水上見張り兼射撃用の電探だった。

『あ』号作戦が失敗し、サイパンでの戦いが絶望的となると、東条首相と嶋田軍令部長はサイパン放棄《ほうき》を決定した。

サイパンの南雲中将の陸軍部隊が玉砕したのは、七月六日夜から九日にかけてのことだった。六日深夜、南雲中将は拳銃で自決し、翌朝、四〇〇〇名の陸海軍部隊の残兵が最後の突撃を行ない玉砕した。八日も残兵が散発的に米軍前線に突撃して死んだ。翌日には北端の山頂や麓《ふもと》の断崖に追いつめられた民間人たちが手榴弾で、あるいは崖から飛びおりて自決した。

その間、大和は黙々と呉から南方へ兵員を送り続ける任務を果たしていた。

5

マリアナ沖海戦の敗北とサイパン陥落をきっかけとして、東条独裁体制への不満が表面化した。七月一八日、東条内閣は総辞職し、二二日、小磯国昭陸軍大将内閣が成立した。

その間米軍がグアム島に上陸、守備隊一万八〇〇〇名が玉砕した。

七月二四日には米軍はテニヤンに上陸、守備隊八〇〇〇名が玉砕した。テニヤン島では市民男子三五〇〇名が義勇隊として戦闘に参加し、老人や婦女子は手榴弾で自爆した。

軍令部はフィリピンが主戦場になるとの判断から『捷《しょう》一号作戦』を考案、連合艦隊に指示してきた。これはフィリピン方面に陸海軍の主力を集中し、決戦を行なうという作戦だった。

ちなみに作戦海域が九州南部から台湾方面の時は『捷二号』、本州から小笠原諸島海域が『捷三号』、北海道方面の場合は『捷四号』と区分されていた。

大和以下の第二艦隊は猛訓練に明け暮れた。航空部隊が頼みにできない以上、夜間の攻撃以外に勝利を得るみちはない。

九月一五日、米軍はペリリュー島及びニューギニア西方のモロタイ島に上陸、ペリリュー島守備隊は二か月にわたる抵抗の末玉砕した。

米軍はマッカーサー軍のレイテ島上陸を十月

二〇日に予定していた。上陸部隊はW・クルーガー中将指揮の第六軍主力で、すでに西ニューギニアに集結していた。ハルゼー大将の第三艦隊は、それを援護するため陽動作戦に出た。

陽動作戦――。

日本軍の目をレイテからそらそうとしたのである。そのため、十月一〇日以降、米軍は台湾、沖縄、マニラ方面に集中的に空襲をかけた。

台湾沖航空戦での米軍側の損害は八九機と重巡二隻の大破だけだったが、日本側は八〇〇機を失った。フィリピン方面に所有していた一二五一機のうち実に七割を失ったのである。第二艦隊突入をふくむ『捷一号作戦』には七四七機が必要とされていた。この時点で作戦は不可能となっていたのだ。

十月一八日午前一時、第二艦隊はブルネイをめざし、リンガ泊地を出発した。

レイテ島への米軍の空襲が強化されたが、台湾沖航空戦の誇張された戦果にまどわされていたレイテ島の日本軍第一六師団は、まだ米軍の本格的な上陸があるのかどうか半信半疑だった。だが海軍は、すでに台湾沖航空戦の真相に気づいていた。

連合艦隊司令部は敵の上陸は十月二四日と判断して、豊田副武連合艦隊司令長官は『捷一号作戦発令』を電令した。

十月二二日午前七時、第二艦隊の主力はレイテ湾突入をめざしブルネイを出撃した。

6

ブルネイからレイテにいたるコースは四本ある。栗田健男中将指揮の主力部隊は、ブルネイ湾から北上してミンドロ島南端を経てシプヤン海に入り、サンベルナルジノ海峡を抜け、サマール島東岸を南下する一二〇〇海里のコースを選んだ。

西村中将指揮の速度の劣る第三部隊はスル海を横断して、スリガオ海峡からレイテ湾に向かう八一五海里の危険だが最短コースをとることになった。

栗田艦隊は、第一部隊と第二部隊に分かれて進んだ。

第一部隊は、旗艦重巡愛宕、高雄《たかお》、鳥海、戦艦長門。それと並んで重巡妙高、羽黒、摩耶。その後方に、戦艦大和、武蔵。左右、中間に駆逐艦を配置する幅八キロの方陣隊形をとっていた。

第二部隊は、重巡利根、筑摩と戦艦榛名、重巡熊野、鈴谷、戦艦金剛を二本の縦陣を軸とした方形陣を敷き、第一部隊の後方約六キロを進んだ。

パラワン水道に近づくと敵潜水艦の潜望鏡発見の報が多くなった。

二三日午前零時、栗田艦隊の前方約五〇キロの海にいた二隻の米国潜水艦ダーターとデースのレーダーが、栗田艦隊を発見した。

午前五時三二分、ダーターの魚雷四発が旗艦愛宕に命中、続いてわずか一分後には、高雄が被弾した。

愛宕から栗田健男中将以下、第二艦隊司令部員は駆逐艦岸波に移乗した。愛宕は沈没、高雄は傾斜したまま停止した。さらにデースの発射した魚雷四発が重巡摩耶に命中、摩耶は大爆発を起こして轟沈《ごうちん》した。

わずか三〇分の間に重巡二隻が撃沈、一隻が大破されたのである。

十月二四日午前零時、栗田艦隊は陣容を立てなおして、ミンドロ島の右岸の夜の海を進んでいった。

栗田艦隊の勢力は戦艦五、重巡七、軽巡二、駆逐艦一三、計二七隻——。

栗田健男中将以下第二艦隊司令部は大和にうつり、大和が新たな旗艦となった。沈没の際の生存者は大和と武蔵に収容された。

栗田艦隊は、第一部隊は大和を中心とする輪形陣、第二部隊は金剛を中心とする輪形陣を組み、タブラス海峡に入った。待ち受けるハルゼー大将の米第三八機動部隊は大型空母八隻、軽空母八隻、戦艦六隻、重巡六隻、軽巡九隻、駆逐艦五八隻の大軍だった。

7

午前一〇時七分、大和の一五メートル測距儀《そくきょぎ》は敵機の編隊を発見した。

ボーガン少将の米攻撃隊は三隊に分かれ、栗田艦隊に向かって降下した。目標は大和、武蔵、長門、妙高。武蔵と妙高が魚雷を受けたが、大事にはいたらなかった。

第二次攻撃隊は二時間後来襲した。大和は爆弾と魚雷を全部回避したが、武蔵が直撃弾二発を左舷に受け、魚雷三発も同じく左舷に命中した。武蔵はさらに直撃弾四発を受け、戦闘能力を失った。

武蔵は戦列を離脱した。離脱した武蔵に攻撃が殺到し、これを鉄塊に変えた。

栗田艦隊は一度は西方に退避したものの、再び東方に転身して進撃を続けた。後方では武蔵が転覆して沈没した。

栗田艦隊は午後十一時三七分、サンベルナルジノ海峡を抜けた。日付がかわって間もなく大和は、西村艦隊から電信を受信した。

『〇一三〇スリガオ海峡通過、レイテ湾に突入す』

続いて西村艦隊は『敵らしき艦影みゆ』という報告を発信して、連絡は途絶えた。西村艦隊は米軍の雨のような艦砲射撃と魚雷攻撃を受け、午前三時四九分全滅したのだった。

その間に、二三隻の栗田艦隊はサマール島北岸を東に抜け、南下していた。

午前五時、栗田艦隊はレイテ湾口まで八〇海里まで進出した。

その頃、レイテ湾の外には空母ファンショウベイを旗艦とするC・スプレイグ少将の第七七と第四機動部隊が待機していた。

『西方の栗田艦隊はハルゼー大将の機動部隊に

捕捉され、西村艦隊はキンケイド中将の第七艦隊主力に壊滅させられた。北からくる小沢艦隊はハルゼー機動部隊に追撃されている』

スプレイグ少将はそう信じて、安心しきっていた。

そこへ――。

午前五時四五分、突然栗田艦隊が姿を現わした。スプレイグ隊は大混乱におちいって、逃げ始めた。

栗田艦隊は砲撃を開始した。戦艦金剛が、榛名が、長門が……スプレイグ隊は砲弾の雨にさらされた。

午前六時、スプレイグ隊はスコールに逃げこんだ。米軍は、黒雲と雨と煙幕を充分に利用し、駆逐艦が煙幕の中から現われて魚雷を発射し、煙幕に逃げこむヒットエンドラン戦法をとった。敵駆逐艦の戦いぶりは、日本軍側でも感嘆するほど見事なものだったが、スプレイグ隊の劣勢は覆うべくもない。

異変はその時起こった。いきなり右一〇〇度の海面から六本の魚雷らしきものが現われ、大和めがけて突進してきた。

異様な近さだった。見張りから報告を受けた森下艦長はとっさに取り舵いっぱいに舵を切った。おかげで大和は、六本の魚雷に両脇をはさまれた形で進むことになった。左舷二本、右舷四本。

大和の速力は二六ノット、高速の魚雷は通過するはずだった。ところが魚雷は、まるで大和に貼りつくようにして、離れようとしない。

「まずいな、これは！」

宇垣は魚雷を見ながら呻いた。敵魚雷にはさまれたため、大和は操られるようにどんどん戦場を離脱してゆく。

艦橋の司令室の参謀たちの間に憮然《ぶぜん》とした空気が流れた。だが宇垣中将は、栗田中将の顔が緊張しているのに気づいた。

栗田は、じっと魚雷の正体を見わけようとするかのように海面をのぞきこんでいる。栗田はどちらかといえば野武士だった。一見、田舎親父のような目がぎらついている。

「宇垣長官、見てくれ」

栗田が宇垣に声をかけた。

「これは！」

宇垣の身体にも衝撃が走った。宇垣は艦橋を飛び出すと、エレベーターも使わず上部甲板に降りた。そして海面をのぞきこんだ。

魚雷は水をかぶり、その実態を目視することはむずかしい。それでも一瞬、ぬめりとした青白いものを宇垣纏中将は認めたような気がした。

金属ではない。どちらかといえばイルカのようなもの……。

もっと見極めようとするのだが、波が邪魔して果たせない。そのうちに、『魚雷』のようなものは、最初に左舷の二本、次に右舷の四本と、ゆっくりと海面から消えていった。

この間一〇分――敵は逃げ去り、大和は完全に戦場を離れてしまっていた。

大和が魚雷騒動に巻きこまれている間、敵空母に襲いかかったのは、戦艦金剛、榛名、重巡羽黒、鳥海、利根、筑摩の六隻だった。スプレイグ中将は六隻の空母を円形陣に組み、背後を駆逐艦の煙幕で覆いながら逃走した。

空母ガンビアベイ、カリニンベイが、金剛、筑摩、利根から集中砲撃を受け、ガンビアベイが大破した。旗艦ファンショウベイも穴だらけになった。

スプレイグの艦隊は全滅の危機に瀕した。スプレイグ少将も最期を覚悟した。

ところが、栗田艦隊の砲撃がやんだ。まったく唐突に。スプレイグ軍に歓声が上がった。

8

栗田艦隊は二時間近い戦いの中で、ほぼ三〇海里の広さに分散してしまっていた。敵空母群は捕捉できていないし、このままレイテに突っこんでは不利になると栗田中将が判断したため、全艦集結の措置が取られた。

午前一〇時、大和は再びレイテ湾をめざした。集結地点が遠かったため、今度はレイテまで一二〇海里、五時間半の道程《みちのり》だった。果たしてレイテ湾に輸送船はまだいるだろうか。さっさと上陸を終えて、撤収しているのではなかろうか。目当ての米軍主力艦隊も、まだ発見されていない。

その頃、敵主力のハルゼー大将の第三四機動部隊は小沢艦隊を追って、はるか彼方に引き離されていた。レイテ湾を守る第七艦隊キンケイド中将は栗田艦隊の攻撃を知り、しきりにハルゼーに救援を求めた。

この電報を受け取ったニミッツ太平洋艦隊司令長官は、ハルゼーに打電した。

『第三四機動部隊いずこにありや。全世界はこれを知らんと欲す』

「くそったれ！」

恥をかかされたハルゼーは怒り狂った。ただちに第三四機動部隊と第三八、第二機動部隊に栗田艦隊攻撃を命令した。ハルゼーは第三八機動部隊指揮官をミッチャー中将に任せ、自らも旗艦ニュージャージーでレイテに急行した。到着予定は二五日深夜。

ところが突然、スプレイグ少将の護送空母部隊は、日本機のおかしな攻撃にさらされて恐慌《きょうこう》状態におちいっていた。

スプレイグ少将が栗田艦隊攻撃の攻撃隊を発艦させた直後、雲間から四機の日本軍戦闘機が現われ、その内一機が空母サンティの前甲板に突入、炎上させた。

午前六時三〇分、ダバオ基地を飛び立った神風特別攻撃隊、朝日隊、菊水隊の上野一等飛行兵曹たちの攻撃だった。

続いて、別の二機が現われ、対空砲火で撃墜されたが、さらに一機が空母スワニーの後部甲板に激突炎上した。

スプレイグ少将は攻撃の異常性を感じ取った。かれらは肉弾攻撃を仕掛けているのだ。

午前九時五一分、水面すれすれを低空飛行してきた四機の日本機が、いきなり高度を上げたとみると、空母めがけて突っこんできた。

「なんだ、こいつらは」

「こいつは腹切り攻撃ですな」

副長がスプレイグ少将に応えた。

三機は撃墜されたが、一機は空母キトカンベイの甲板に突入、一機は燃えながら空母セントローの格納庫に飛びこみ誘爆を引き起こして、同空母を轟沈させた。さらに三機が来襲、空母カリニンベイの甲板に二機が激突した。

これはマバラカット基地を飛び立った関行男大尉たちの「敷島隊」と「大和隊」だった。後に『カミカゼ』と呼称されるようになる神風特別攻撃隊の攻撃は、米軍を恐慌状態に落としこんだ。

「ジャップがまた来るぞ」

ハルゼー艦隊の救援は間にあわない。キンケイド中将は砲弾不足のオルデンドルフ隊だけでレイテ湾口に布陣し、栗田艦隊の突撃を待ち受けた。

だが――。

栗田艦隊は来なかった。

レイテ湾まで僅《わず》かに五〇海里。一時間で大和の射程圏に入ったのにである。レイテ湾に逃げこんでいたスプレイグ少将は、思わず神に感謝の祈りを捧げた。

9

レイテ湾沖にハルゼーの大艦隊が三群に分かれて存在することは、機動部隊には前もってわかっていた。しかし過誤はスプレイグ中将の小艦隊がそのひとつだと信じてしまったことによって生じた。

スプレイグの艦隊を追い払った以上、ハルゼーの艦隊がまだ遠くにいることは別としても、もう一群が背後から攻撃をかけてくるのは常識と思えた。偵察機や電文の情報から敵艦隊は、どうやら水平線のすぐ向こう側にいるらしい。

栗田艦隊が迫っている以上、レイテ湾の輸送船団は退避しているだろうし、敵機はすでにレイテ島タクロバン基地を利用して、空海一体の攻撃を受けるのは必至である。レイテ湾でてこずっている間に背後から、米軍艦隊に攻撃されれば、第二艦隊は壊滅する恐れがある。袋叩きである。それくらいなら、背後に迫る敵機動部隊と戦い、刺し違えるべきではないか。

それを言いだしたのは、第二艦隊幕僚会議における参謀たちだったが、栗田中将も同意した。

宇垣中将はその時艦橋にいて、水平線に敵のマストらしきものが見えるとの報告に、接近すべきだと栗田中将に進言したが、あいにく敵機が襲来し、機会は失われた。敵機との戦いの最中、大和は大きく舵を取り、北転した。

宇垣中将は仰天した。レイテを捨てるのか。

「参謀長、北へ行くのか」

「ああ、北へ行くことにしたよ」

かわって答えたのは栗田中将だった。

その目に宇垣中将は恐怖した。いつもの温厚な栗田中将とは違う。別人の目だ。

「長官、だめだ、我々の向かうのはレイテなのだ！」

「もう、決めたことだ」

「しかし……」

「抗命《こうめい》するのか！」

宇垣は唇をかんだ。栗田の命を受け、ただちに通信室は以下のように発信した。

『第一遊撃部隊はレイテ泊地突入をやめ、サマール東岸を北上し、敵機動部隊を求め決戦、爾後《じご》サンベルナルジノ水道を突破せんとす』

栗田健男中将は一路敵艦隊を求めて北上した。だが、いつまでたっても敵機動部隊は見つからない。そのうちに第三八、第一機動部隊の放った第二波七〇機が来襲した。空襲は一時間続き、戦艦金剛が被弾した。さらに午後に入って小規模の空襲があった。しかし、敵艦隊は見つからない。

やがて、日本機約五〇機を目撃した各艦の将兵は甲板に出て、帽子をちぎれるほどに振った。

『これは駄目だ』

宇垣は、もはや栗田艦隊が反撃の意欲をなくしていることを感じ取り、暗然となった。

さらに敵機四〇機が飛来、矢矧《やはぎ》が至近弾を受け、八〇人の犠牲を出した。駆逐艦早霜が炎上した。

午後五時、栗田艦隊はサンベルナルジノ海峡の手前まで来た。夕日が海を真っ赤に染めている。そこで、栗田艦隊は再び反転したが、すぐ元に戻し、まっすぐサンベルナルジノ海峡に向かった。勝利の機会は永久に去ったのだった。レイテ湾突入も敵機動部隊との対決もならず、栗田艦隊はいたずらに引き返している。

このあともだめ押しするように、敵機の攻撃は続いた。給油のためコロン島に向かう栗田艦隊に、ハルゼーの艦隊から発進した敵機が二波に分かれて襲いかかった。合計二五七機である。

大和は前甲板に二発の直撃弾を受けた。第二水雷戦隊の旗艦軽巡能代が大破、榛名以下の艦船も被弾した。艦隊は補給をあきらめ、パラワン島南方からブルネイに向かって直進した。

午前九時一四分、大和は米軍の合同攻撃隊に空襲された。二八機が停止した能代を集中攻撃、能代は沈没した。大和ら栗田艦隊主力には、モロタイ島から発進したB29四七機が爆弾の雨を降らせた。大和は三発被弾した。

攻撃は止んだ。大和は傾斜したため注水が行なわれ、前部を海面下にしたまま進んだ。

栗田艦隊は敵の攻撃を避けるため迂回して、ブルネイに向かった。夕刻、ようやく総員配置が解かれ、第二配備になった。

艦隊は南シナ海に入った。戦死者の水葬《すいそう》を終え、栗田艦隊は二八日、新南諸島の暗礁海域を抜け、ブルネイをめざした。午後八時五分、わずか九隻となった満身創痍《まんしんそうい》の栗田艦隊は、駆逐艦朝霜に迎えられて、水道をくぐった。

10

その頃、東京霞が関の軍令部に若い将校が父親を訪ねてきた。

若者の名は伊藤叡《あきら》中尉、父親の名は伊藤整一軍令部次長だった。

伊藤整一には妻との間に一男三女があった。妻は長男を医者にしたがったが、とうの叡は東京府立の中学を出ると、昭和十五年九月海軍兵学校に入学してしまった。卒業したのは昨年九月のことだった。どちらかといえば童顔だった顔が、精悍《せいかん》なものにかわっている。

「お忙しいところ、すみません。今度宇垣中将の第五航空艦隊に異動を命じられました。これから鹿屋基地に飛びます。それで、途中、おめにかかっていこうと思いまして」

「そうか」

伊藤整一は、そういって息子の顔を見た。次長席脇の衝立《ついたて》一枚隔てただけの応接セットだった。従兵が茶と羊羹《ようかん》をはこんできた。

「すごいですね、羊羹とは。筑波の航空隊では口にしたことがありません」

「お母さんと妹たちには会ったのか」

「いえ」

と叡は微笑した。

「もう手紙を書きましたから。それに時間もありません。このまま厚木に行きます。今日中に出水《いずみ》基地に着かなければなりません」

「いよいよ、お前も前線に出るのか」

「はい。ですからもうお目にかかることはできないかもしれません」

伊藤整一はうなずいた。レイテの戦況を思った。

第二艦隊の被害は甚大《じんだい》なものだった。

沈没——戦艦三、重巡六、軽巡一、駆逐艦六、油槽船二隻。

大破――重巡四、駆逐艦一。

中破――戦艦三、軽巡一、駆逐艦一。

小破――戦艦一、重巡一、駆逐艦六。損害軽微駆逐艦五。

ほかに沈没――軽巡一（第五艦隊「阿武隈」）。囮《おとり》となった小沢機動部隊は空母四、軽巡一、駆逐艦二を失った。

これに対して戦果は、空母一、護送空母二、駆逐艦二、護衛駆逐艦一。たったそれだけだった。

帝国海軍の艦船勢力は大部分が消滅したのである。そんな時に前線に出る飛行兵は、まず生きては帰れない。

「実をいうと、特攻を志願しましたが、筑波の隊長はどうしても許してくれませんでした」

息子の言葉に伊藤整一は、はっと我に返った。

「九州に行ったら、宇垣中将に頼むつもりです。自分の仕事は切腹の介錯《かいしゃく》人です。特攻隊の突入を上空から確認する直掩《ちょくえん》隊なのです。仲間が続々と死んでいきます。それなのにのうのうとしていることはできません。軍令部次長の息子だからと、隊長はためらったに相違ないのです。お許しいただけるでしょうね」

「お前が決めることだ。しかし、特攻ばかりが死に方ではないぞ。直掩隊は特攻機をかばって自ら弾丸よけになる覚悟がいるのだ。立派な武人の仕事だ。男子にはここが死に場所とわかる時があるのだ」

「今がそうではありませんか」

「違うな。戦いはまだ続いているのだ。今死ぬのは楽だが、先の日本は誰が背負って立つのだ」

「隊長の言葉と同じですね」

叡の言葉には父をからかっているような様子があった。

「だが、それなら大西中将はどうして特攻作戦をお決めになられたのですか」

「特攻は戦術のひとつだよ。他のものを生かすためのな。それだけ他の部分でおまえたちには果たしてもらわなければならないことが多いということだ」

「そうでしょうか」

中尉は不満そうだったが、時計を見て「それでは」と帽子を手に立ち上がった。

「この羊羹いただいていってよろしいですか。新しい仲間へのみやげにしたいと思いますので」

従兵があらたな一本を持ってきて差し出した。中尉は従兵にも丁寧に礼をいうと、羊羹の包みをズックの肩かけ鞄に入れ、敬礼して出ていった。これが親子の最後の対面となった。

11

その晩、伊藤整一は麴町の米内光政邸に呼ばれた。さすが独裁を誇った東条内閣も、うち続く敗戦で人気を落とし総辞職した。かわって陸軍大将の小磯国昭が組閣した。

米内はこの内閣のもとで海軍大臣にカムバックしたのだ。

一貫して日米戦争に反対してきた米内が、いよいよ和平交渉に向かって、切り札として担ぎ出されたのだ。

米内はスコッチを勧めたあと話し始めた。

「レイテがあんな有り様で、艦隊がなくなってしまった。小沢は内地に帰ることになった。それで、小沢のポストなんだが……」

そこまでくれば、伊藤にはすぐわかった。連合艦隊の大物が東京に戻ってくる時は、軍令部次長というのが慣習だった。次長職はロートルの安全パイのポストでもあったのだ。伊藤整一のような切れ者が、三年以上も長い間にわたって次長をつとめたのは例外だったともいえる。

「君は戦艦無用論に対して前から批判的だったね」

「これからは航空機の時代だということはよくわかっていました。だが、戦艦も航空機の援護のもとで動かせば、強大な力を発揮できると思うのです」

「その気持ちは今でも変わらないかい」

「はい」

「といっても、レイテの失敗によって、われわれには連合艦隊を組めるほどの艦船はなくなってしまった。第一艦隊は名前のみだ。ただ第二艦隊はまだ残っている。大和も健在なのだ。そこで、君に第二艦隊の司令長官を引き受けてもらいたいのだ」

「…………」

「艦隊を今日まで動かしてきたのは、軍令部次長の君だった。その成果を戦場に出てためしてみるのも悪くないだろう。それに――〝やつら〟の件がある」

米内のおっとりした優しい顔に暗い影がさすのに、伊藤は気づいた。心痛がこの長身の偉丈夫の身体を蝕《むしば》みつつあるのだ。

「カナーリス提督のその後の連絡では、日本時間で一九四五年四月七日、〃やつら〃の〃仲間〃が東シナ海に下りるということだ。ここはぜひとも君に第二艦隊を引き受けてもらわねばならない。大和に君の手で秘命を果たさせてほしいのだ」

「承知しました。身命にかえて。ところで、大臣、お顔の色がすぐれませんが、お加減でも悪いのではありませんか。一度海軍病院で調べていただいたほうがよろしいのではないでしょうか」

「心配してくれてありがとう。血圧が少し高いのだ。糖も出ている。だがのんびり休んでいるわけにはいかないのだ。

この戦争、もとはといえば、自らまいた種だからな。わたしも山本も、もっときっぱりと『海軍はアメリカと戦えない』というべきだった。軍人としての見栄《みえ》が、主戦派に塩を送ってしまった」

米内は寂しそうに笑った。だが、すぐ真顔になっていた。

「それも無責任なグチというものだ。自分が大臣でいられるうちに、なんとしても終戦に持ちこみたいと思っているのだ」


十一月二四日マリアナ基地を飛びたったB29約七〇機が、東京を初空襲した。

第七章　大和出撃

1

昭和二十年に入って一月九日、米軍はルソン島を奪回、二月三日にはマニラ市内に入った。もはや、日本本土は米軍の空襲をまぬがれることはできなかった。恒常的に射程圏に入ってしまったのだ。二月から三月にかけて、米機動部隊の艦載機一二〇〇機が関東、九州各地を攻撃した。

二月一九日、米軍は硫黄島に上陸、三月一七日守備隊は全滅した。

三月九日、B29の大群が東京を空襲した。江東地区は全滅、被害は二三万戸、死傷者一二万に及んだ。三月一四日には大阪を空襲、一三万戸が消失した。五月二四、二五日宮城が全焼、東京区内の大半が焼失した。

そして四月一日、ついに米軍が沖縄に殺到した。戦闘用艦艇三一八隻、補助艦艇一一三九隻、参加兵力約五〇万人、上陸兵力一八万三〇〇〇人の大兵力だった。

沖縄が落ちれば、あとは本土決戦があるのみだ――。

レイテ作戦後、小沢中将指揮の第三艦隊は廃止された。第一、第二、第七、第一〇、第二一戦隊と第三航空戦隊が解散となった。

大和は第二艦隊の独立旗艦となった。言い方は恰好《かっこう》がいいが、ようするに第二艦隊には、大和一隻しかなくなったということだ。宇垣纏中将は第一戦隊司令官を解かれ、軍令部出仕を命じられたまま大和に残った。

ブルネイから呉に向かう帰途、戦艦金剛、駆逐艦浦風が敵潜水艦の餌食となって沈んだ。

帝国海軍には、もはや戦力といえる艦隊はなかった。ただ大和を除いて。

艦船をなくした連合艦隊司令部は日吉の慶応大学の校舎に引退、豊田副武大将は陸から指示を出していた。まるで陸に上がったカッパだった。

大和では、森下信衛大佐が第二艦隊参謀長に転任して、新しい艦長に有賀幸作大佐が就任した。そして、第二艦隊司令長官として伊藤整一中将が親補された。

米軍の沖縄上陸が予測された段階で、軍令部は沖縄方面の航空撃滅戦を『天号作戦』と名づけ、連合艦隊はこれに基づき『天一号作戦』を指示した。

『敵が南西諸島（沖縄）方面に来攻した時は、陸軍部隊と緊密に協同し、連合艦隊の全力を挙げてこれを撃滅し、南西諸島を確保せんとす』

四月一日午前八時三〇分、米軍は予想どおり沖縄上陸を開始した。

大和には四月五日午後一時五九分、出撃命令が下った。続いて午後三時、沖縄突入計画の要領を指示してきた。

四月七日未明出撃、八日未明沖縄突入……。

2

大和以下駆逐艦隊は、出撃の準備に忙殺されていた。

伊藤整一司令長官は出撃の前夜、出征《しゅっせい》を前にした司令部幕僚たちとの祝宴を早めに終え、第二水雷戦隊司令官古村啓蔵少将の意見として、兵力増強と出撃時刻のくりあげを、連合艦隊司令部に具申したあと、艦長私室で家族に遺書をしたためた。

妻と三人の娘たち。

長男叡は海軍中尉で第五航空艦隊にいる。特攻機の直掩《ちょくえん》隊の役目を黙々と果たしていた。

今度の第二艦隊の出撃はまぎれもない特攻だった。直掩機なしで、艦隊が沖縄までたどりつけるわけがなかった。それを承知の出撃なのだ。

日本は敵わぬと知りつつ、アメリカと戦った。陸軍に引きずられて開戦した海軍の責任は大きい。海軍こそがアメリカの底力を熟知していたのだから『否』というべきだった。大事な瀬戸際で米内も山本も『政治に関与せず』の軍人の本分にかえってしまったのだ。

山本大将は近衛公爵の質問に『一年二年は暴れてごらんにいれる。だが、そのあとはまるで勝算がない』と答えたと、近衛公爵の談話で聞いた。山本大将に問いただすと、山本は『長期戦は無理だ』といったのだという。それを近衛公爵が脚色した。聞きようによっては、二年間は充分に勝てる。その間に停戦に持ちこめれば万事うまくいく、と聞こえるではないか。

開戦の責任は伊藤にもあった。まして伊藤は連合艦隊参謀長から軍令部の次長になり、一貫して太平洋戦争を指導した中央にいたのである。

勿論《もちろん》、いったん開戦してしまえば、戦い抜くより他にない。休戦や停戦の仕事は、政治がやるものだと自分にいい聞かせてここまできた。

そしていま、帝国海軍の終焉《しゅうえん》を迎えるに当たり、第二艦隊の司令長官を拝命するのは、伊藤にとって、これに過ぎるものはないように思えた。生きて帰れぬ職務であることは誰でも知っていた。せめても、海軍の最期をみとってやろう。そして、もうひとつ。あの魔物のことだ。

開戦直前に山本から魔物の話を聞かされた時、伊藤整一は半信半疑だった。宇宙から魔物が太平洋に降り、陸上に上がる時を待っているなど……。その魔物を目覚めさせる〝仲間〟が来るので、それを撃墜しなければならないなどということがあり得ようか。

だが山本大将が亡くなり、古賀大将が亡くなると、さすがに信じる気持ちになった。古賀は亡くなる前に書簡でつたえてきた。封筒にはカナーリス提督から米内光政大将宛ての手紙も証拠として同封されていたのである。

大和は主砲で米軍のほかに〝やつら〟も迎え撃たねばならない。砲撃がうまくいかなかった場合はどうするか。その場合、大和にはある仕掛けが施してあると、古賀の手紙には記されていた。やつらの先遣《せんけん》隊は東シナ海の海底深く潜んでいる。それを撃滅する仕掛けが、大和には施されている、と。

大和は何度となく呉で修理、改装を受けている。すべては、そのための改装だったのだ。

〝やつら〟の降下の日時が四月七日昼。奇《く》しくも連合艦隊司令部は『天一号作戦』を指令してきた。

これぞ、天《てん》の配剤《はいざい》でなくしてなんであろうか。

司令長官私室のドアがノックされて艦長の有賀大佐が入ってきた。

「失礼します」

有賀大佐は伊藤整一の前に立った。

「こんな時間に呼んですまなかった」

伊藤整一はスコッチのグラスを差し出した。

「いただきます」

有賀大佐はテーブルから慣れた手つきでオールドパーを取り、伊藤整一の言葉を待った。

「出撃すれば、打ち合わせている暇《ひま》はない。例の魔物のことだ」

「はい」

「〝やつら〟が空から来るのが、一九四五年四月七日の昼頃となっている。まさしく我々の出撃の最中だ。あるいは米軍の攻撃が始まっているかもしれん。そんな中でわれわれは〝やつら〟を撃墜しなければならない。米軍と〝やつら〟が同時に現われたら、どちらを優先させるかだが」

「わたしは艦長です。艦を沈まないようにする責任があります。だが日本を沈めるのはもっと大罪です。〝やつら〟を優先したいと思います」

「わかった。そして、この部屋だ」

伊藤整一は室内を見渡した。

「さすがに特殊潜航艇を作った呉海軍工廠魚雷実験部の設計だ。よくできているよ。いざとなったら、君にも働いてもらわなければならない」

「承知しています。だが、そうならないことを願っていますよ。司令長官もわたしもアメリカ相手に忙しい身ですからね」

「そのとおりだ」

伊藤整一はグラスをあげた。

「乾杯しよう。万事うまくいくことを願って」

六日午前六時五一分、連合艦隊司令部は、出撃時刻を早めるという伊藤長官の意見具申を承認し、艦隊は以下の編成となった。

第二艦隊（伊藤整一中将）戦艦大和。第二水雷戦隊（古村啓蔵少将）軽巡矢矧。第四一駆逐隊（吉田正義大佐）駆逐艦冬月《ふゆづき》、涼月《すずつき》。第一七駆逐隊（新谷喜一大佐）駆逐艦磯風、浜風、雪風。第二一駆逐艦隊（小滝久雄大佐）駆逐艦朝霜、霞、初霜。合計一〇隻。それが連合艦隊がくりだせる最後の兵力だった。

昨夜のうちに甲板に集められていた私物が内火艇に積まれ、徳山の海軍工務部に送り出された。

死を前にした出撃には、ひと振りは刀剣を持っていく慣《なら》わしがある。伊藤は伊藤家伝来の日本刀を手元に残し、海軍大学校の恩賜の刀を内火艇にのせた。刀の袋の奥に、米内からあずかっていたカナーリス提督の手紙もしまいこんだ。

いったんは処分を決めたものの、〝やつら〟のことが、永久に歴史の裏側に隠れてしまうことを恐れたのだ。

3

四月六日午後一時、大和士官室で第二艦隊司令部、第二水雷戦隊司令部、各艦長、二七人があつまり作戦の打ち合わせが行なわれた。

それが終わった午後三時三〇分、水上偵察機で連合艦隊参謀長草鹿少将と参謀三上中佐が、伊藤整一中将に、本作戦が決定した推移を説明し、了解を求めにやってきた。

伊藤整一中将は前からこの航空機の支援のない無謀な出撃には反対だったが、「一億総特攻のさきがけになってほしい」という言葉に、うなずいた。〝やつら〟の〝仲間〟を撃ち落とすために、大和は出撃しなければならないのだ。

次々と一〇隻のマストに準備完了の整備旗がきらめく。

午後四時五分、大和の前檣楼に旗旒《きりゅう》信号が走り上がった。

『各隊、予定順序に出港。進度一二〇度』


半晴。雲量八、南東の風八メートル、気温摂氏《せっし》一〇・五度。

第二水雷戦隊旗艦、軽巡矢矧が先頭を切り、菊水の旗をなびかせた駆逐艦八隻が続いた。

途中まで護衛の駆逐艦数隻が同行する。そして大和――。

午後四時一〇分。速力二〇ノット。伊藤整一中将は訓示を信号で各艦に伝えた。

右舷に九州の陸地が見える。新緑の中に早咲きの桜が咲いている。

午後七時五〇分、豊後《ぶんご》水道を通過した。大和を中心に、その左右に矢矧と駆逐艦三隻。前方に駆逐艦五隻を傘がたに配置。第一警戒態勢である。艦隊は魚雷攻撃を避けるため、ジグザグ運動を開始した。

艦隊は九州、志布志湾沖を陸に沿って進んでゆく。航跡が夜光虫で青白く光った。

午後一一時、二交代警戒の『哨戒第二配備』に変更。

沖縄東方海域にいる米第五艦隊旗艦、戦艦ニューメキシコで、司令長官スプルーアンス大将は、午後五時、大和出撃を知った。

午後一〇時すぎ、潜水艦スレッドフィンとハックルバックが、大和の針路を伝えてきた。スプルーアンス大将は大和を艦隊決戦で葬《ほうむ》る決意をして、第五四砲撃支援部隊の指揮官デイヨ少将に攻撃を命じた。砲撃支援部隊とは戦艦、重巡の水上艦隊である。スプルーアンスは自らの戦艦ニューメキシコで、デイヨ艦隊に加わった。

日付がかわって四月七日午前二時、第二艦隊は速力を一六ノットに減速。闇夜の大隅海峡に入りこんだ。

午前三時四五分、佐多岬沖通過。潮風は冷たく、星影もない。

午前五時。第五四砲撃支援部隊旗艦、戦艦テネシーでは、司令長官デイヨ少将が参謀長以下を集めて、大和迎撃を検討した。その結果、出撃時刻は午後三時三〇分、兵力は戦艦六、巡洋艦七、駆逐艦二一と決定した。

同じ頃、第五八機動部隊司令官ミッチャー中将は旗艦・空母バンカーヒルで司令長官スプルーアンス大将の命令を受けていた。

ミッチャー中将は指揮下の艦隊に北進を命じ、第五八・一、第五八・三機動部隊から、戦闘機四〇機を索敵に放った。同時に沖縄慶良間《けらま》列島基地のPBY飛行艇にも哨戒を命じた。ミッチャー中将は航空機による大和撃沈を執念としていた。

午前六時、大和は大隅海峡を通過し、薩摩《さつま》半島の南端、坊ノ岬の南西沖に達した。第三警戒航行序列に隊形を変更。大和を中心にした一・五キロ間隔で輪形陣だった。

午前六時三〇分、上空に鹿屋基地を発《た》った五機の直衛機が飛来した。以後常時五から一〇機の直衛機が援護についた。

第五航空艦隊司令長官の宇垣中将は、大和を護衛なしで水上特攻に送り出す中央の態度に腹を立てた。大和は彼が愛してやまない戦艦だった。しかも水上特攻の司令長官は、伊藤整一中将である。

宇垣は、割けるかぎりの戦闘機一五機を第二艦隊の露《つゆ》はらいとして独断で送り出した。もとより、一五機の戦闘機で事態がどう変わるわけもないが、せめてもの餞《はなむけ》だった。一五機の中に伊藤叡中尉を入れたのはもちろんである。父親の艦隊を息子が護衛する。それが宇垣が伊藤艦隊にしてやれるすべてのことだった。

午前八時、大和は空母二隻を基幹とする敵艦隊を発見したという連絡を受けた。

午前八時四〇分、大和は初めて敵グラマン機を発見した。まだ、射程圏外である。

それより少し前、空母エセックスの一機が大和を発見、打電した。

『敵発見。北緯三一度二二分、東経一二九度一四分、ヤマト級戦艦一、巡洋艦一または二、駆逐艦八。針路三〇〇、速力二〇ノット』

第二艦隊はこの時点で完全に捕捉された。

偵察機から報告を受けた第五八機動部隊は、計一四隻の空母艦載機に出動準備を命じた。ミッチャー中将は、戦艦ニューメキシコの司令長官スプルーアンス大将を呼び出し、攻撃許可を求めた。艦隊戦をめざしていたスプルーアンス大将も許可しないわけにはいかなかった。

午前一〇時、第五八・一、第五八・三機動部隊の攻撃隊が発進した。戦闘爆撃機、急降下爆撃機、雷撃機合計二八〇機。ついで第五八・四機動部隊から一二六機が発進した。

同じ頃、大和の上空から直衛機が引き上げていった。第二艦隊の航空機支援はまったくなくなった。

大和は坊ノ岬の西九〇海里から南下、沖縄を目指した。

午前一〇時一四分、ＰＢＹ飛行艇二機が発見された。以後第二艦隊は針路を変更して、敵接触機の目をくらまそうとしながら南下を続けた。

4

伊藤叡中尉は戦闘機の窓から、第二艦隊を見下ろしていた。大和をつつむ円形陣を敷いて艦隊は進んでゆく。あの大和の艦橋には父がいるのだ。

宇垣長官の出せる直衛機は全部で一五機しかなかった。

出撃にあたって、宇垣は『死ぬな、戻ってこい』

と厳命していた。第二艦隊はいずれにしろ壊滅する。戦闘機は無駄にはできない。

大和は出撃して間もなく、搭載していた偵察機を三機、発艦させて内地に戻している。第五航空艦隊にとって、伊藤叡の機も本土決戦に備えたなけなしの機だったのだ。宇垣の武士の情けは伊藤中尉も身にしみて感じていた。宇垣は父の死への旅路を、息子をして見送らせようとしたのだ。

雲は深く、時折大和の姿が見えなくなる。この雲がもっと深くなってくれたらと思う。厚い雲が大和を隠し、沖縄まで送り届けてくれるかもしれない。

隊長機の命令が入った。沖縄方面に敵機の編隊が現われたというのだ。伊藤中尉たちは高度を上げ、大和を後にした。

5

雲が大和以下第二艦隊の上空を覆い、細かい雨が吹きつけてくる。

艦隊は大和を中心にして輪形陣を敷いて進んでいる。大和の艦橋からは一・五キロ離れた僚艦がかすんで見えた。

午前一一時四五分、大和艦内に昼食のお握り三個とタクアン二切れが配られた。

天候はますます悪化した。灰色の雲の下を黒雲が流れ、雨は滝のように激しいものとなった。

午後零時一九分、陸兵をつんだ護衛もない輸送船とすれ違った。

次の瞬間、ミッチャー中将機動部隊の攻撃隊が雲間をついて姿を現わした。対空戦闘のラッパ。『配置につけ』の号令が飛びかった。

艦長有賀大佐は、第一艦橋上部の防空指揮所に移った。副長能村大佐は司令塔内の防御指揮所に降りた。

艦橋の窓があけられ小雨《こさめ》が吹きこんだ。伊藤整一中将は長官席に座り、森下大佐は双眼鏡を手に脇に立った。

上空を過《よ》ぎる敵機が次第に数を増してゆく。二〇〇機が続けざまに降下してきた。

午後零時三二分、第二艦隊は一斉に対空砲火を開いた。大和は二四ノットに速度を速めた。

戦闘機は三機一組となって機銃を発射しながら突っこんできて、檣楼すれすれに反転した。爆撃機は雲間から現われると爆弾を投下、爆弾を追うように降下し、銃撃を続けて着弾寸前に身を翻した。

雷撃機は低空で、身を左右に振りながら進入、魚雷を発射すると、機銃を連射しながら翼を返した。大和の機銃も高角砲も、飛燕の速度を捉えることはできなかった。

大和は二七ノットに増速した。波飛沫が甲板を洗い、霧となって艦橋にまといついた。

矢矧が爆弾、魚雷を受けて航行不能になり、駆逐艦浜風が魚雷二発を受けて沈没した。冬月はロケット弾を二発貫った。

大和は後部射撃指揮所と後部電探室に直撃弾を受け、左舷前部に魚雷一本を受けた。午後零時五〇分、一五分で敵の第一波攻撃は終わった。この時点では、航行、戦闘力に支障はなかった。しかし、このわずかな幕間《まくあい》に異変は起こった。

「敵機らしきもの発見、距離四万。高さ二万四〇〇〇、接近してきます」

対空電探指揮所から伝声管で報告が入った時、有賀大佐は来るべき時が来たと直観した。二万などという上空を飛べる飛行機は存在しない。アメリカの誇るB29もそんな高さを飛ぶことはできない。

一九四五年四月七日昼――。

まさしく〝やつら〟の〝仲間〟が飛びこんでくる予定の時刻だ。

カナーリス提督の予告どおり、〝やつら〟が天空からやってきたのだ。

「主砲、射撃用意！」

有賀大佐は発射用意を下令するとともに、伊藤中将の指示を求めた。通常、戦闘にあたって指揮をとるのは艦長だった。いっさいを艦長に任せて長官は長官席を動かないのが通例だった。それなのに有賀大佐は司令長官の指示を求めた。伊藤は『撃ち落とせ』と短く指令した。

「とうとう、来ましたな」

森下参謀長が伊藤整一の耳元でいった。

「ああ」

空には雲が分厚くかかっている。肉眼ではとうてい見分けることができないはずだったが、そいつは厚い雲を通して、光を送ってくる。次第に光量を増して降下してくる。まさしく隕石だと伊藤整一は思った。

射撃指揮所では、椎名為一大尉が黒田砲術長の声を復唱していた。

高度二万。これだったのか。タウイタウイ島で宇垣長官がわれわれに射撃訓練をさせた目的はこのためだったのだ。

「発射！」

有賀大佐の命令が走った。椎名大尉は引き金を引いた。九門の四六センチ砲が轟いた。砲声はいんいんと海面に響きわたった。

当たれ！　と伊藤は祈った。この日、この瞬間《とき》、この一撃のために、彼は無謀な特攻を受けたのだ。

光が消えた。

命中、と伊藤整一は思った。それも束の間、雲が渦を巻き始めた。渦の中心から異様な物体が現われた。伊藤は双眼鏡を眼に当てた。

多方向に蜘蛛《くも》のように足が出て蠢いている。伊藤には生き物のようにも思えたし、金属の光沢を放っているようにも思えた。その降下は比較的ゆっくりとして、主砲の装弾が間にあった。

再び主砲の斉射が行なわれた。巨弾は物体に集中した。昼の花火のように雲が長い尾を引いて拡散したが、硝煙《しょうえん》が消えた時、物体は依然として降下を続けていた。

その時、二個の機影が雲の中からが現われ、物体めがけて急降下をかけた。

両翼の下に爆弾を装着している。

グラマンだと、伊藤にはわかった。

ひょっとしたら、アメリカにも宇宙からの恐怖について知悉《ちしつ》しているものがいるのか!?

グラマンは物体めがけて突っ込んだ。機は見事命中して、炎をあげて四散した。もう一機は反転して雲の中に消えた。伊藤は知らなかったが、米軍はすでにヨーロッパ戦線において、無線誘導機の開発に着手していた。真実を知る誰かが、今日、爆薬を満載した無人機を別機に誘導させ、宇宙からの脅威に挑んだのだ。物体の中からさらなる物体が現われた。先端が尖《とが》り、さながら短剣のようにほとんど一直線に海面に突っ込んでいく。

「長官」

と有賀大佐がいって、青ざめた表情になった。

「やつらは海に入ってしまったな」

「長官、この上は第二計画を実行しなければなりません」

「わかっているよ」

「長官……」

感傷にひたっている暇はなかった。午後一時一八分、第二波一〇〇機が襲ってきた。

6

米軍機は雲の下で編隊を組み、大和を遠巻きにしながら、一気に殺到してきた。

大和は高速で右に左に雷撃、爆撃を回避した。至近弾のあげる水柱が、艦橋の窓から吹きつける。

攻撃は大和の左舷に集中した。

方向転換の指示が出てから動き出すまで十一秒を要する。回避運動は不可能であった。

大和は左舷中部に魚雷三本を受けた。艦体は左に傾いたが、右舷タンクに注水して平行を保った。

駆逐艦涼月が炎上、霞が航行不能となった。

軽巡矢矧はすでに二〇キロ後方に取り残された。

午後一時三九分、敵の第三波攻撃。遅れて駆けつけた第五八・四機動部隊一二六機だった。四四分、大和は左舷中部に魚雷二発、午後二時二分、また左舷中部に爆弾三発を受けた。傾斜は一五度に、速力は一八ノットに低下した。主砲は五度、副砲は一〇度、高角度砲は一五度で発射不能となる。兵士がホースで甲板の血を洗い流した。別の兵士は転がった手足を手すりから投げ捨てた。

二時七分、右舷に魚雷が命中。さらに左舷の中部と後部に、左舷中央部に魚雷が吸い込まれた。大和の傾斜は二〇度を超えた。

矢矧は沈没、駆逐艦磯風、初霜も大破。健在なのは冬月と雪風だけだった。

能村副長のいる司令塔、伊藤中将他のいる第一艦橋、有賀艦長のいる防空指揮所でブザーが鳴り続けた。誘爆の危険を告げるものだ。

第一艦橋では伊藤中将が窓に掴まり、参謀たちは傾斜した床を這うようにして協議した。伊藤中将は決心を伝えた。

『沖縄突入は成立せず。生存者を救出後、後図《こうと》を策すべし。艦隊幕僚は冬月に移乗、残存部隊の収拾に任ずべし』

御真影《ごしんえい》は第九分隊長服部信六郎大尉が守って私室にこもった。

能村副長が司令塔から上がってきた。

「もはや傾斜復元の見込みはありません」

有賀艦長に伝えた。

「総員退艦を下令願います」

有賀大佐は伝声管で第一艦橋の伊藤中将に許可を求めた。

「総員最上甲板！」

電令が引き取り、スピーカーが繰り返し命令を復唱した。

『総員最上甲板、総員最上甲板……』

伊藤中将は羅針儀に掴まって挙手する森下信衛大佐に答礼すると、幕僚たちとひとりずつ目をあわせ、階下の長官私室に降りていった。

副官の石田少佐はあとを追おうとして、森下信衛大佐に引き倒された。茂木航海長と花田掌航海長が舵輪にお互いの身体をロープで縛り合っていた。

艦橋の窓からは空ではなく海が見えている。

その海面がさらに迫った。

大和が横転したと思うと、海面に二キロにわたって衝撃波が走り、火柱が上がった。湧き上がった黒煙は六〇〇〇メートルまで達する巨大なキノコ雲を作りだした。前後部の弾薬庫が爆発したのだった。艦に残された遺体や将兵は二キロ四方にわたって四散した。

四月七日午後二時二三分沈没――北緯三〇度二二分、東経一二八度四分、九州徳之島北方二〇〇海里、水深四三〇メートルの東シナ海海上だった。四六センチ主砲は米軍相手には一度も火を吹くことがなかった。

第八章　深海の使者

1

伊藤整一は司令長官私室に入り中から鍵をかけると、書棚《しょだな》に向かって直行した。司令長官私室は第一艦橋の下にある。室内は絶え間のない傾斜のせいで、滅茶苦茶になっていた。

横に桟《さん》のついた戸棚は開き、長官服が吊るされているのが見えた。引き出しが滑りだして、中に入っていたシャツの束が床に四散していた。机やベッド棚は作りつけだが、椅子やベッドマットは投げ出されていた。花瓶が割れ桜の花が散っていた。背丈の半分ほどもある地球儀が、なぜかカラカラと回っていた。

書棚だけ書物が落ちていないのが奇異な感じを与えるのは、書物が固定されているからだ。見せかけの書棚だったのだ。

伊藤は書棚の横端にあるボタンを押した。書棚が一方に開き、潜水艦のハッチが姿を現わした。伊藤は中に入りこんだ。ハッチを閉めた時、大和がまたも被弾する衝撃がきた。

そこは潜航艇のコックピットになっていた。伊藤が操縦席に着くとともに赤い照明がついた。ベルトを締めた途端、左側から凄まじいGがかかった。伊藤の身体は横にふられた。大和の船体が横に倒れてゆくのだ。艦橋が海面に突っこむのと、伊藤が計器盤の中にあったスイッチをあげるのと同時だった。潜航艇は艦橋を離脱して、海中を突進した。

振動が背後から伝わってくる。

大和が爆発しようとしている。それは伊藤にはよくわかっていた。前後部弾薬庫には未使用の弾薬が沢山残っていた。砲弾は直立してベルトでくくられている。横転しても大丈夫だが、一転するとかわってくる。ベルトは切れ、落下した信管が作動してしまう。沈没にあたっては避けられないことだった。

潜航艇はふわりと尻を撫でられたような感じになった。大和が爆発したのだ。衝撃は激しく艇をあおりたてた。潜航艇はきりきり舞いをしながら、爆発海域からはね飛ばされた。

黒々とした潜航艇がゆっくりと平行の姿勢を維持したまま沈んでゆく。スクリューも廻ってはいない。昇降舵は下を向いたままだ。

全長五メートルほどしかない。ずんぐりした砲弾型で細くなった尾部に鋼鉄のガードに囲まれてスクリューがついていた。胴体の中央には翼のような水平舵。深海に耐えるため不要な出っ張りはない。

ジャイロコンパスは装備されているが、潜望鏡は浸水の恐れがあるため設けられてはいなかった。わずかに耐圧ガラスの丸窓が三方向に開いている。

この潜航艇を大和の司令長官私室に付属して設けたのは、伊藤整一と有賀大佐だった。昨年十一月、大和は呉にドック入りした。その際に呉海軍工廠魚雷研究所の技術陣が備えつけたものだった。勿論、軍令部も連合艦隊司令部も承知のことだ。魔物が実在することは、もはや事実と認められていたのだ。

特殊潜航艇に関しては、すでに回天が実用段階に入り、出撃の準備が着々と進んでいた。そんな時期に大和に特殊潜航艇をわざわざ設けることについては、異論もあったが、やがては大和自体が特攻攻撃に出ることが予測されていた時期で、必ずしも悪くない計画と見なされた。大和が沈没して敵が油断している時に、海底深くから浮上して敵空母に接近できるではないか……。

伊藤整一の乗る特殊潜航艇は、戦局が暗くなり、回天が研究されるようになった段階で、伊藤の要求により、試作品として製造したものだった。大和に搭載する。それだけのための試作品だった。

Uボートでも伊号潜水艦でも、行動できるのは、たかだか一五〇メートルほどの深さまでだ。深度が二〇〇を越えれば危険な状態になり三〇〇になれば、破裂してしまう。それなのに、この潜航艇は深海六〇〇メートルまで沈下できるよう設計されている。これは驚異的な性能といえる。すべての無駄を省《はぶ》いて得たぎりぎりの性能だった。

伊藤整一は深度計を見た。ゆらゆらと赤い指針が回転して深度三〇〇を超えようとしている。ジャイロコンパスを見た。北緯三〇度二二分、東経一二八度四分。

窓から見ると、海底に向かって白い泡が広範囲にわたってのびていた。ゆっくりと一方に広がってゆくのは流れがあるためだろう。大和が沈んでいった跡である。

伊藤整一は後を追って、降下していった。あの中には三〇〇〇の部下の将兵たちがいる。司令長官もまた死んだと思っているはずだった。

もはや、海面から差しこむ明るさも届かなくなった。

潜航艇の頭部のライトが点灯された。

暗い海底に光条が広がった。さらにゆくと、今度は黒々とした雲のようなものが湧き上がっているのに出会った。

潜航艇は雲の中に入っていった。前方にそそりたつ小山が現われた。

大和の艦橋だった。船体は前甲板と後甲板の下にある弾薬庫が爆発したため、三つに割れていた。それでも中央に艦橋はそびえていたし、主砲も三基とも左舷に向けられたままになっていた。米軍の雷撃は左舷に集中して行なわれた。そのため主砲は左を向いてバランスをとっていたのだ。

大和は海底にあっても巨大であった。なだらかなスロープを持つ煙突は、今にも黒煙を吐き出すかのようだ。

潜航艇は艦橋に接近してゆく。

防空指揮所の羅針儀《らしんぎ》に有賀艦長が身体をロープで縛りつけ、こちらを見上げていた。右手がロープから抜けて、こちらに向かって手を振っているように見えた。艦橋では航海長茂木史郎中佐と掌航海長花田泰祐中尉が、舵輪に背中あわせに身体を縛りつけて死んでいた。両の眼は開き、口も顎《あご》からはずれそうに開いていた。

「許してくれ」

伊藤整一は唇をかみしめ、小窓に向かって敬礼した。
「わたしも、間もなく行く。もうすぐだからな」

2

窓の外を何かが横切った。凧《たこ》のような巨大なエイのような魚だった。双発の爆撃機のようだと伊藤整一は思った。東シナ海に多く生息するマンタだった。

大和の沈んだ場所から少し南へ行くと、そこから先はなだらかな斜面をなして深みに入りこんでいた。

潜航艇は降下を続けた。魔物の巣窟であるポイントはこの先だ。深度計の針はすでに四三〇メートルを指していた。

深遠な闇の世界が広がっている。艇は海溝の中に入りこんだ。スクリューの回転を遅くし、ゆっくりと降下していった。バラストに溜まった水は二度と排水されることはないだろう。

深度は五〇〇を超えた。伊藤整一の意識は朦朧《もうろう》としてきた。この下に果たして〝やつら〟はいるのだろうか。

遠くから軍艦マーチが聞こえてくる。曲の一番から二番にかけてのズッペの『軽騎兵序曲』に似た序奏の部分である。窓をのぞくと眩しさに一瞬眼を覆った。まだ曲は聞こえている。今では耳を聾《ろう》せんばかりの大きさだ。

眼が慣れると、伊藤整一は己れの理性を疑った。

眼前に赤城がいた。

瑞鶴が、翔鶴が、蒼龍が、そして武蔵が……。目映い陽光に照らされた海面を埋めているではないか。

その間を駆逐艦が走り廻っている。

一番前にいるのは武蔵である。戦闘隊形でこそなかったが、沈んだはずの連合艦隊が勢揃いしているのだった。マストにはどれも軍艦旗が翻っている。

赤城や他の空母の甲板から飛行機が飛び立っていくのが見えた。たちまち編隊を作り、八方に散っていった。

その一機が潜航艇の窓近くまでやってきて、旋回した。

空母から発艦したのに、戦闘機や艦爆ではなく一式陸攻なのが不思議だった。これは夢に違いない、と伊藤は思った。

後部座席に座った男の顔が見えた。がっしりした角張った男の顔。

「古賀大将！」

濃緑色の軍服で開襟シャツにネクタイをしめている。軍刀の柄に手をかけ、笑みを浮かべて手を振っている。操縦士の顔が見えた。白いマフラーが長く尾をひいて靡《なび》いている。操縦士は丸い顔を笑みで崩して右手を振った。

「伊藤くん、来たまえ」

古賀峯一大将はいった。距離は一〇〇メートルも離れている。それなのにはっきりと顔が見え、声も聞こえるとは。

「山本さんも、南雲くんも待っている。山口多聞少将もいるぞ。西村少将は、君の海兵の同期生ではないかね」

「待っているといわれても。それでどうしようとおっしゃられるのです?」

「決まっておる。連合艦隊を再建するのだ。東洋の覇者《はしゃ》連合艦隊をな。そして再びアメリカに、いや、世界に戦いを挑むのだ」

「おかしいですね。古賀さんは日米開戦には反対のはずではありませんか」

「今ではアメリカが憎い。多くの若者が死んでいった」

伊藤整一の理性はまだ維持されていた。

「古賀さん、あなたは死んだはずだ。〝やつら〟に捕まって……」

これは幻《まぼろし》だ、と伊藤整一は理解した。連合艦隊は滅んだ。滅んで欲しくないという自分の願いが幻を生み出したのだ。

しかし……この世界では古賀峯一大将も山本五十六大将も、みんな現役だ。そして、眼前にあるこの豪勢な艦隊――。

〝やつら〟の見せている夢だ。

伊藤は誘惑に負けまいと眼を閉じた。

その時、声が聞こえた。

『お父さん、行ってはいけません』

それは伊藤整一の長男叡の声だった。振り返ってみたが、その姿はどこにもない。頭の中だけに話しかけてきたのかもしれない。

『宇垣中将は、お父さんの第二艦隊に飛行機の直掩隊がつかないと聞いて憤慨《ふんがい》しておられました。それでわたしたち一五機に、大和の露はらいをするよう命じたのです。ぼくはまだ戦っているのです。お父さん、〝やつら〟に屈しないでください』

『わかったよ、叡、ありがとう』

伊藤整一は大和の主砲が、カナーリス提督の予告日時一九四五年四月七日昼に、天空から降下してきた〝仲間〟を砲撃するのを見ている。

だが、命中しても敵は外部装甲を破壊されたのみで、短剣《ナイフ》状の中身は海中に没した。深海では、こうして〝やつら〟がまだ跳梁《ちょうりょう》している〝やつら〟の受精は成功してしまったのか。

なんとしても食い止めねばならなかった。魔物は陸上に上がる力を得て、日本に上陸してくるだろう。

「古賀長官、わたしはどうすればいいのかな」

伊藤は何食わぬ顔で、窓外の古賀峯一大将の顔を見返した。

「連合艦隊が待っておる。君は艇のハッチを開けさえすればいいのだ」

こうしている間にも、古賀は一式陸攻の後部座席にいて、窓から窓へ声を伝えてくるのだった。水中にいる自分に空中を浮かぶ古賀が平然と話しかけてくる。

「しかし、この深海では蓋《ふた》は開《あ》きません」

「心配はいらんよ、われわれが協力してやろう」

古賀大将の笑い声が伝わってきた。

「……わたしはこの乗り物のまま、武蔵まで行くとしましょうか。それでよろしいですか」

伊藤は訊いた。

「ご随意《ずいい》に」

古賀峯一大将が応えた。その眼が虚ろであることに伊藤整一は気づいて慄然となった。古賀はやはり敵の血脈に加わってしまったのだ。だが、驚きを悟《さと》られてはならなかった。

古賀の一式陸攻が赤城に戻ってゆく。

伊藤の潜航艇は艦隊に向かって進み始めた。閃光さんさんたる海面と化した暗黒のはずの海底に浮かんだ大艦隊は、鋼のかがやきを放っていた。

潜航艇は武蔵に接近してゆく。ここは海底なのだと、伊藤にはわかっている。やがて、見上げるばかりの武蔵の勇姿を見ていると、不意に確信が揺らいだ。これは真物《ほんもの》ではないのか。連合艦隊が滅んだとしても、ここにある艦船を使えば、新しい艦隊が編成できるのではないか。そして、憎むべきアメリカを——いや、世界を……。

ふと気がついた。武蔵にはどこも欠けたところがない。魚雷の跡も被弾の傷も見あたらない。そんなはずはなかった。

伊藤は短刀を抜いた。ためらいもせず、右の腿を刺した。激痛が奪われかけた意識を覚醒させた。

「騙されんぞ」

伊藤は魚雷を発射した。

艇の頭部が魚雷発射のショックで幾分浮かび上がったように思う。魚雷は武蔵の胴体の中央に吸いこまれたが、なんの変化も起こらなかった。水煙ひとつたたない。やはり夢なのか。武蔵の巨砲がこちらを向くのを伊藤整一は見た。砲口をぬっと突きつけられたのだ。長門も金剛も、主砲を伊藤の艇に向けた。艇には魚雷は二本しか備えていない。伊藤整一は観念した。あとできることはひとつしかなかった。自爆装置に手を伸ばした。

その時、意外なことが起こった。艇の下から何かが突き出てくるのが窓から見えた。

尖った舳先となだらかな前甲板から、一挙に幅広な船体がくりだしてくる。三門三基の四六センチ砲、副砲、そして電探を簪《かんざし》のようにつけた前檣楼。

大和だ。

3

船体はなおも姿を露出しつつある。反りをうった煙突、風にはためくのは軍艦旗だ。そこまで出て来た途端、前六門の主砲が斉射された。紅蓮が窓をつぶし、武蔵の前檣楼が爆散した。巨体がぐらりと揺らいだ。連合艦隊の旗艦が、これも旗艦に挑んだのだ。

大和は伊藤の艇の下をかいくぐって、出撃してゆく。艦橋にふと手を振る有賀艦長らしき人影を見たように思う。助けに来てくれたのだ、夢の中の何処かから。

主砲の発令所の窓にも人影が見えた。主砲発射に誇りをかけてきた男たち。あれは射手の椎名為一中尉ではないか。

武蔵は炎に包まれて沈みつつあった。いかに瓜二つの防御力を誇ってはいても、一〇〇〇メートル足らずの距離から四六センチ主砲の直撃を受けては、そうなるしかなかった。戦艦の装甲は、自らの主砲の直撃に耐えられる強度を誇っている。だが、六発同時に食らっては、耐えられるはずもない。だが、傾きつつも武蔵の四六センチ砲が挑んだ。大和の左舷甲板が炎に包まれ、機銃と高角砲が無と化した。大和VS武蔵。誰が連合艦隊旗艦同士の戦いを夢想しただろう。

戦艦から炎が上がった。長門、金剛、榛名、霧島――連合艦隊を編成するあらゆる戦艦が砲門を開いたのだ。

艦隊の砲弾は大和に集中した。四〇センチ、三八センチ――どれも大和の主砲に劣るとはいえ、至近距離の集中砲撃ともなれば、大和といえど無事では済まなかった。副砲塔が宙に舞い、船橋が飛び散ってしまった。巨象を襲う豹やピューマの爪と牙も、いつか効果を発揮する。大和のあちこちで炎が噴き出した。それにもめげず、大和は艦隊に向かって突き進んでゆく。

ふと、伊藤整一は不安を覚えた。大和はこのまま"やつら"の仲間となってしまうのではないか。だが、それは危惧《きぐ》に過ぎなかった。大和は艦隊を廻りこむようにしながら、主砲の発射を続けた。

大和の撃った主砲が、長門の艦橋の根本に命中した。さらに一弾が金剛の前部副砲を鉄屑《てっくず》に変えた。不意を衝《つ》かれた連合艦隊の反応は鈍かった。標的を知悉しているものと、そうでないものとの差は明らかであった。

主砲が九門、一斉に発射した。乱れ撃ちである。

戦艦武蔵、長門、金剛、榛名、妙高、重巡利根、熊野、鳥海、空母赤城、飛龍、瑞鶴、翔鶴、

飛鷹、そして大和——全てが炎に包まれていた。

これが戦争だと伊藤は思った。海は炎と油と血と雷鳴に彩られた。

炎に包まれた幻の艦隊が次々と消えだした。消えた部分を中心に波紋が広がってゆく。それが無数に生じてまるでしゃぼん玉のようだと、伊藤整一は感じた。陽光の海上は黒い海底に戻り始めていた。

不意に艦船のあった位置に巨大なエイの群れが現出した。艦隊の正体は怪魚だったのか。エイは大和の主砲にまとわりつき、発砲を抑えようとしている。エイ一匹が主砲一基をふさぐほどの大きさだ。

今度は、潜水艦とみまごう巨大な鮫が海溝から湧き出してきた。〝やつら〟が太平洋の魚類を改造したのがこの怪魚なのだ。

伊藤の艇の丸窓に鮫のぎょろりとした眼が迫った。がっと噛みついてくる。艇は翻弄された。分解しそうな勢いでゆれた。

突然、鮫の巨体がずたずたに裂かれて血煙に包まれた。大和の機銃掃射だった。何匹ものがみるみる海底へ落ちて行く。残りが身をよじって伊藤から二〇〇メートルばかりの位置に集合した。大和には正《まさ》しく、〝得たり〟であったろう。主砲の炎が水を狂わせ、鮫どもの真ん中で爆発した。榴弾だ。後には何も残っていなかった。

「……」

呆然たる伊藤を尻目に、大和は海溝に向かって降下して行った。伊藤の艇も後を追う。

すぐに生き残りの怪魚たちが体当たりをかけ

てきた。艇の内側に打たれていたリベットが飛び、伊藤の頬をかすめた。今まで水圧に耐えていたのが不思議なのだ。巨大なイカが艇に絡みついた。イカの青黒い眼が伊藤をのぞきこんだ。

『仲間になれ』

イカの眼はそう誘《いざな》った。

『いやだ！』

伊藤は吐き捨てるようにいった。海底からおびただしい生き物が浮上してきた。大イカ、大鮫、大蟹、そして蜘蛛と海月の合いの子のようなもの。

――もういかんな。

伊藤は観念した。

そのとき、伊藤の頭の中に懐かしい声が鳴り響いた。

――あいつらは大和が片づける。後を頼むぞ。

有賀艦長の声であった。

「――有賀さん」

次の瞬間、大和の船体が白熱し、エイもイカも鮫も一瞬白い残像を留めて消滅した。そして大和も。

あとには暗黒が残った。底知らぬ闇を特殊潜航艇の頭部の明かりだけが照らしている。

耐えがたい寂しさが伊藤整一を襲った。今の大和は夢だったのか。夢なら覚めて欲しくはなかった。深海に伊藤はたったひとりなのだ。

『ひとりではない』

突然声が聞こえてきた。同時に眼下に目映い光の海が現われた。

海底全体が光を放っている。大都会が現出したようだ。遥かな果てに猛々《たけだけ》しい岩山が連なり、岩肌までくっきりと見えた。

「われは〈神〉」

その声はいった。

「お前はワルハラの神殿に迎えられた。これから勇敢な戦士として、陸上の戦いの旅に出る。まず、東洋の大国日本を治め、それからアメリカに進出する。ヨーロッパへロシアへ、いや宇宙の果てまで、攻めかかるのだ」

「わたしは戦いはいやだ」

伊藤整一はいった。

「もうこりごりだよ」

「これはおかしなことをいう。お前は軍人だ。そうではないのか」

「軍人の本分は侵略ではない。自分の国を護ることにある」

「それなら『大和』はどうなのだ。連合艦隊はアメリカに戦いを挑んだではないか。ハワイに奇襲攻撃をかけたではないか」

「追いつめられて、しかたなくそうしたのだ」

「われわれと同じだな。それはうまくやっていけそうだ」

「どういうことだ」

「われわれも追いつめられた。〈大いなる存在〉とやらに棲む星を追われ、地球にやってきたのだ。ところが、この星には先に来ていた奴らがいた。幸い、奴らは星辰の狂いと種的衰退によって海底深く、或いは次元の彼方に封じられておる。今、念願が叶い、最初の国、日本を得ることができるようになった。わかるか、この輝く町の住人が何者たちなのか」

声が得意そうに訊いた。

伊藤は光の海が、実はガラスのように輝く建造物の集合体であることに気づいた。じっと見つめると、どこか懐《なつ》かしい。建造物のひとつが、民家になり、庭になった。

伊藤整一は息が止りそうになった。大宮八幡の伊藤整一の自宅だった。庭には伊藤が植えた柿《かき》や桃《もも》の木、苺《いちご》、ジャガイモ、アスパラガスが一斉に実っている。これは幻。そしてきらきら光る建造物は何かに似ている。

墓石の群れ――。

「わかったようだな。この光の都には、戦いで死んだ勇士たちが棲んでいる。銃弾を受けた瀕死の兵士たちは、われわれの申し出を受け入れた。ここにいるものたちは、これから生き返って祖国に帰ることができるのだ。お前の自宅の庭を出したのは、われわれの贈り物だと思ってくれたまえ」

「そんなことが。死んだものが生き返って帰国するなど……」

「われわれは別だ。それだけの技術を有した生物だからな」

「技術の問題ではない。死者の眠りを破ることは、やってはならぬことなのだ」

「喜ぶぞ、母親たちがな。息子が帰ってくるのだ。靖国の英霊たちが生き返るのだよ」

光の町の真ん中に短剣が突き立っていた。天空から降ってきたあの〝仲間〟だった。大和の砲撃を受けたためか、〝短剣〟の柄が欠け、白い泡がひっきりなしに上がっていた。全長は一〇〇〇メートルもありそうだ。光の町全体が短剣型のそれを頂点としてピラミッド形にせり上がりつつあった。

伊藤は潜航艇を光の町の上空に乗り入れた。そのまま、ぐんぐん〝短剣〟に向かって突っ込んでゆく。

どこかで『やめろ』という〝やつら〟の声を聞いた。伊藤は残った一発の魚雷を発射した。魚雷は短剣に当たって爆発した。想像以上のパワーであった。〝短剣〟が根本から倒れてゆく。

光の海が点滅を始めた。〝やつら〟が滅びようとしているのだ。

「みな、行くぞ」

伊藤整一は自爆装置のボタンを押した。潜航艇は積載した爆薬とともに四散して、光の町を薙《な》ぎ倒し、深海をもとの闇に返したのだった。

エピローグ

エピローグ

書き終えて、わたしは煙草に火をつけた。パソコンに煙草の煙がいけないことは知っているが、我ながら、あまりの妄想にすっかり興奮してしまっていたからだ。

このレポートをわたしは三日で書きあげた。その間まるで寝ていないし、コーヒーしか飲んでいない。脳味噌が相当ハイになっているのは間違いない。

窓外には新宿の高層ビルが朝日をまぶしく弾いている。

まだ読みなおしていないが、こんな破天荒な妄想を発表したら、わたし奥村明雄のルポライターとしての生命は終わってしまうかもしれない。とはいうものの、まる一年間、事細かに記録を調べ、それに基づいて、割り出した結論がこれだったのだ。

事実を著述する記録作家として許されないことだが、当のカナーリス提督の手紙をわたしはまだ誰にも確認してもらってはいない。そんなことをしたら、いっぺんで〝やつら〟の影は雲散霧消《うんさんむしょう》してしまうに決まっているからだ。

広島のRという老人は、あれから間もなく世を去った。恩賜の軍刀ひと振りは、まだ伊藤大将の霊前に戻していない。これを書きあげたら、約束は必ず実行するつもりである。

その前に、わたしのレポートが妄想かどうか、読者諸兄には以下の記録で判断していただきたい。

大和が沈没した後のことだ。宇垣中将も伊藤叡中尉も〝やつら〟がまだ生きていることを知っていたのではなかろうかと思うのだ。

父伊藤整一中将の壮烈《そうれつ》な死を、伊藤叡中尉は第五航空艦隊の出水基地で聞いた。その夜、叡は東京にいる母に手紙をしたためた。これが遺書となった。

四月二八日、二一歳の叡は同僚の宮川中尉の搭乗割りを強引に奪って戦闘機に乗った。死神に取りつかれたようだったと同僚は証言している。

当日三五機の戦闘機が鹿児島上空に集合して、沖縄海域の敵空母攻撃に向かった。伊江島上空で敵機と空戦に入ると無電を打って来たまま、一機も戻らなかった。叡は父の後を追ったのだ。

第二艦隊の戦死者の殊勲《しゅくん》が認められ、連合艦隊司令長官小沢治三郎の名で全軍に布告されるのは終戦の二週間前のことだ。故伊藤整一は大将に昇進した。大本営は本土決戦を主張していたが八月に入って広島、長崎に原子爆弾を落とされ、ついにポツダム宣言を受諾した。八月一五日のことである。

終戦の翌日、第五航空艦隊長官宇垣纏中将は、大分基地に近い大分空所で中津留大尉指揮の特攻七〇一部隊の艦爆彗星《すいせい》に搭乗した。

参謀長の横井少将たちが止めようとしたが、宇垣の決心を変えることはできなかった。一番機を操縦するのは遠藤飛曹長、宇垣の濃緑色の第三種軍装から階級章は外してあり、彼の左手に山本五十六から送られた脇差《わきざ》しがしっかりと握られていたという。宇垣に共鳴した一〇三空艦爆隊長中津留大尉以下二二人の兵士たちが一一機の艦爆に搭乗、沖縄に向かい出撃、消息を絶った。

「宇垣特攻」の報を受けた軍令部は動揺した。ポツダム宣言受諾後のことであり、もし宇垣の特攻隊が米軍に被害を与えたとすれば、大変な条約違反になるからだ。しかし、米軍の調べでは、特攻の被害は記録されておらず、ほっと胸を撫でおろした。

特攻隊生みの親大西滝治郎中将は、一六日未明、軍令部次長官舎で割腹《かっぷく》自殺をとげた。

陸海軍の復員は八月二三日に開始された。太平洋戦争の戦没者は陸海軍軍人一五五万六〇〇〇、一般国民三〇万とされるが、行方不明の未帰還者を合わせると合計三〇〇万人に達するといわれる。このうちどれほどのものが〝やつら〟の〝仲間〟に引きこまれたのかは定かではない。

米内光政は昭和十九年に小磯国昭と連立内閣を組閣したあと、終戦時鈴木貫太郎内閣の海相として終戦に努力した。戦後は復員兵の引き上げに全力を尽くし、昭和二十三年四月二〇日、六八歳でこの世を去った。

ドイツ陸軍のカナーリス提督は一九四四年七月、ヒトラー暗殺未遂事件に参画した容疑で逮捕、処刑されていたが、日本人は戦後までそれを知らなかった。

大宮八幡の伊藤整一の自宅と、長岡の山本五十六の生家は、米軍の空襲で完膚《かんぷ》なきまでに焼き払われた。米軍はどうやら、重点的に焼夷弾《しょういだん》を落としたらしい。彼らの爆撃地図には伊藤と山本の家に赤丸がつけられていたという。伊藤が丹精をこめた庭の畑は灰塵《かいじん》に帰《き》したが、柿と桃の木は残った。

八月二八日、連合軍の先遣部隊が厚木飛行場に到着、以後日本各地に進駐した。連合国軍最高司令官ダグラス・マッカーサー元帥が厚木に着いたのは三〇日のことだった。

九月二日、米艦ミズーリ号上にて降伏文書の調印式が行なわれた。日本側全権は重光葵に梅津美次郎である。同行した日本側記者団のひとりは、マッカーサーの耳の後ろに魚のエラのようなものを見たような気がした。だが、もとより光線の加減だろうと思った。

サングラスにコーンパイプのこのあたらしい日本の『帝王』は逆光を浴び、きっと記者を見返した。記者はすくみ上がった。

あとがき

前作『戦艦大和・東京篇』のあとがきで新東宝映画『戦艦大和』のことを書いたら、なつかしいのでビデオを貸せといわれ、たらい回しになっていまだに戻ってこない。

かわりに『太平洋の嵐』と『日本海大海戦』のビデオがとびこんできた。どちらも東宝特撮黄金期の作品である。シネスコワイド画面は本当にいい。

『嵐』では、三船敏郎がミッドウェー戦で唯一健闘した空母飛龍の第二航空戦隊司令官山口多聞少将を恰好よくやっている。海の底で亡霊となった山口少将と加来艦長が語り合うシーンがあるので有名な映画である。一方『日本海大海戦』では、三船敏郎は東郷元帥である。こちらは百パーセント勝ち戦で、観ているとスカッとする。このイメージを引きずって、日本海軍は太平洋戦争にのぞんだのだろう、無理もないか、と一瞬思ってしまう。

読者諸兄にはもし艦隊決戦の映画が観たかったら、迷わずこの『日本海大海戦』をお勧めする。ミニチュアとは思えない重々しい戦艦群が、波をけたてて接近戦を戦う様が活写されている。円谷特撮の白眉である。邪魔な航空機も当然出てこないし、昔はよかった。

ミッドウェー海戦とレイテ海戦は、何度読んでも観ても、頭が熱っぽくなる。なぜ南雲司令官は爆弾と魚雷を何度もつけかえるようなヘマをやったのか、なぜ栗田艦隊はレイテ湾につっこまなかったのか。悔しいやら、腹立たしいやら。よくよくわかっているのに、腹の中が何度も何度も煮えくりかえる。ぼくは戦争に賛成するわけではないが、これぱかりはベツである。

南雲司令長官も栗田健男少将も大事な時にウロがいったのである。ウロウロ心を迷わせて決断を誤ったということだ。

そして、ぼくが彼らの迷いを、戦場の重圧を一考だにせず、唇の端をゆがめて勝手にあげつらうのも、ぼく自身彼らの何百倍もウロがいく可能性が高いからだ。彼らをあげつらうことによって、自分の恐怖を癒したいからにほかならない。ミッドウェーで勝っていたら、栗田艦隊が突入していたら……。この悔しさを癒す方法のひとつが架空戦記だろう。ここでは戦闘状況は自由に改変され、読者（著者）の願うように展開してゆく。

もうひとつが、妄想戦記である。どうも太平洋戦争では、日本軍の足をひっぱった悪い〝やつら〟が、別にいたのではないか。そいつらが悪いのだ。

「魔がさす」という言い方がある。その「魔」を跳梁《ちょうりょう》させてみたのが本書である。妄想なのに理詰めも妙なものだが、戦史には極力準拠《じゅんきょ》している。

以下の本を参考にさせていただきました。深くお礼申し上げます。

『戦艦大和』児島襄／文春文庫
『吉田満著作集』文藝春秋
『伝承・戦艦大和』光人社
『近代日本総合年表』岩波書店
『神風特別攻撃隊の記録』猪口力平・中島正／雪華社
『不戦海相米内光政』井出寿／徳間書店
『太平洋海戦』佐藤和正／講談社
『太平洋海戦全史』新人物往来社戦史室／新人物往来社
『戦艦大和発見』三井俊一／日本放送協会出版

平成八年三月

田中文雄

改訂版あとがき

本書の原本『戦艦大和／海魔砲撃編』の著者・田中文雄氏とは、いまは亡き日本版「ファンゴリア」を通して面識があったが、それ以前、私にとっては、ハマー・ホラーのテイストを日本の国土に生かした本格的吸血鬼映画二本――『呪いの館／血を吸う眼』と『血を吸う薔薇』の製作者として偉大なお名前であった。何度かTVで放映されたこの二作を、私はDVDに納めた上で、HDにも残し、仕事に疲れると愉しんでいる。

ここでこの二作品の、日本ホラー映画史上における画期的な意義について論じるのにやぶさかではないが、「あとがき」の主旨とはズレるので、別の機会に譲ろう。

田中氏が東宝のプロデューサーを辞めて小説の筆を執ったのは存じ上げていたが、その多くを占める『架空』――原典では「奇想」――戦記の中に、かくもホラーちっくな、しかも、どう見てもクトゥルー変奏曲としか思えない一作が存在していようとは、つい最近まで無知のままであった。

「これはCMF（本シリーズ・編集部註）に入れるべきだ」

と私は創土社の担当氏に告げ、担当氏も同意見だった。

しかし、やはり既刊本であり、出版に当たっては何かプラスαが欲しいという。私もそう思った。
一読して——惜しい、と感じたのはラスト近い戦闘シーンである。なんと「大和」が「武蔵」を始めとするすでに海の藻屑と化した連合艦隊と、単身矛を交えるのだ。血湧き肉躍るこのシーンは、しかし、あっという間に終わってしまう。私は不満だった。著者に文句を言おうかと思ったが、故人では致し方がない。この部分を書き足すのをポイントに、全体的に戦闘シーンを派手にする——しかし原典の持ち味は失わない、と決めてペンを執った。

取りかかると、かなり難儀な作業であった。

いうまでもなく、原典は完成品である。クトゥルーやダゴンを思わせる化け物が出て来るが、そうだとするには全面的に書き換えなければならない。これはしたくなかった。生みの親は、あくまでも田中氏であり、その基礎部分を丸ごと変更するわけにはいかない。こう見えて、私は極めて常識的な節度ある人間なのである（こういうのは何度書いてもいい）。

結果はかくの如しである。

全力は尽くした。

当初の狙いは間違いなく果たされた。（と思う）

正直、もう少し、と思わないでもないが、その部分は田中氏のものなのだ。

面白い原典がさらに面白くなった、と断言してもいい。しかし、それを判断するのは読者の権利だろう。

誉め言葉でも叱責でもお待ちしています。

二〇一四年五月某日

「日本海大海戦」(69)を観ながら

菊地秀行

本書の原典となる『戦艦大和　海魔砲撃編』は、二〇〇六年に亡くなられた田中文雄氏の作品で、一九九六年にＫＫベストセラーズ社より刊行されました。このたび、ご遺族の方の了解を得て菊地秀行氏が加筆を行い、新たな伝奇作品として甦りました。

数々の素晴らしい作品を世に送り出し、私たち読者に夢のような時間と思い出を与えてくださった田中文雄氏に改めてお礼申し上げます。

また、ＫＫベストセラーズ版に掲載されていた浅田隆氏の挿絵を本作品に再掲しようとしたところ、連絡が取れなかったため、同社の了解のもとこれを収録いたしました。もしこちらを浅田氏がご覧になられましたら、弊社までご連絡いただければ幸甚です。

編集部より

《好評既刊》

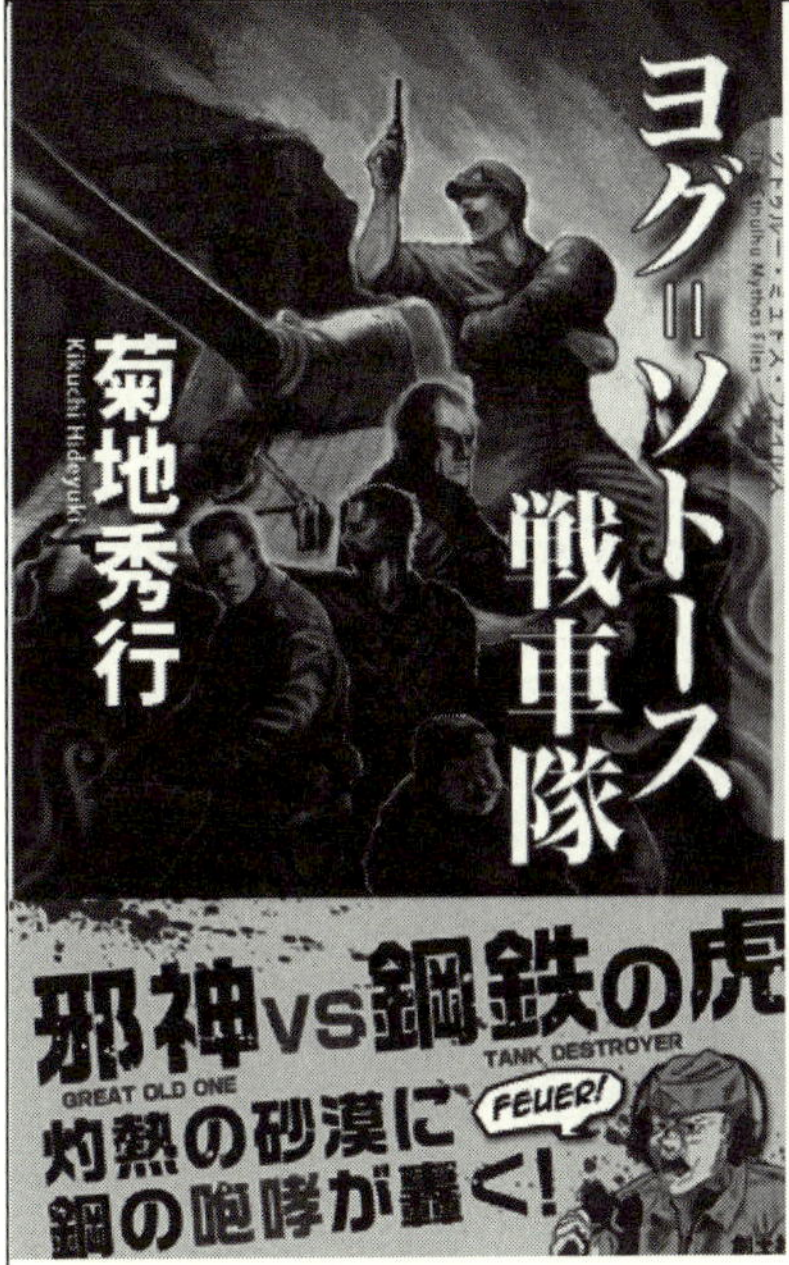

クトゥルー戦記②

ヨグ＝ソトース戦車隊

菊地　秀行

本体価格：1000円＋税

ISBN：978-4-7988-3015-5

版 型：ノベルズ

内容紹介：

一発の命中弾で彼らは目を覚ました。何故俺たちはここにいる？　日本人戦車長、アメリカ人操縦手、ドイツ人砲手、イタリア人機銃手、中国人通信士。そして、世界最高の戦車。全ての記憶は失われていたが、目的だけはわかっていた。サハラ砂漠にある古神殿、そこへ古《いにしえ》の神の赤ん坊を届けるのだ。果たして彼らを待つのは砂漠の墳墓か、それとも蜃気楼に浮かぶオアシスか——。

《好評既刊》

クトゥルー戦記①

邪神艦隊

菊地 秀行

本体価格：1000円＋税
ISBN：978-4-7988-3009-4
版 型：ノベルズ
内容紹介：

太平洋の〈平和海域〉に突如、奇怪な船舶が出現、航行中の商船を砲撃した。戦時中の日米独英の大艦隊は現場に急行。彼らが見たものは、四カ国の代表戦艦全ての特徴を備えた奇怪な有機体戦艦であった。 決戦の日、連合艦隊と巨人爆撃機「富嶽」は、世界の戦艦《くろがね》とともにルルイエへと向かう。

本日、太平洋波高し！

《好評既刊》

妖神グルメ

菊地　秀行

本体価格：900 円＋税
ISBN：978-4-7988-3002-5
版 型：ノベルズ
内容紹介：

海底都市ルルイエで復活の時を待つ妖神クトゥルー。

その狂気の飢えを満たすべく選ばれた、若き天才イカモノ料理人にして高校生、内原富手夫。

ダゴン対空母カールビンソン！　触手対 F-15 ！

神、邪教徒と復活を阻止しようとする人類の三つ巴の果てには驚愕のラストが待つ！

《好評既刊》

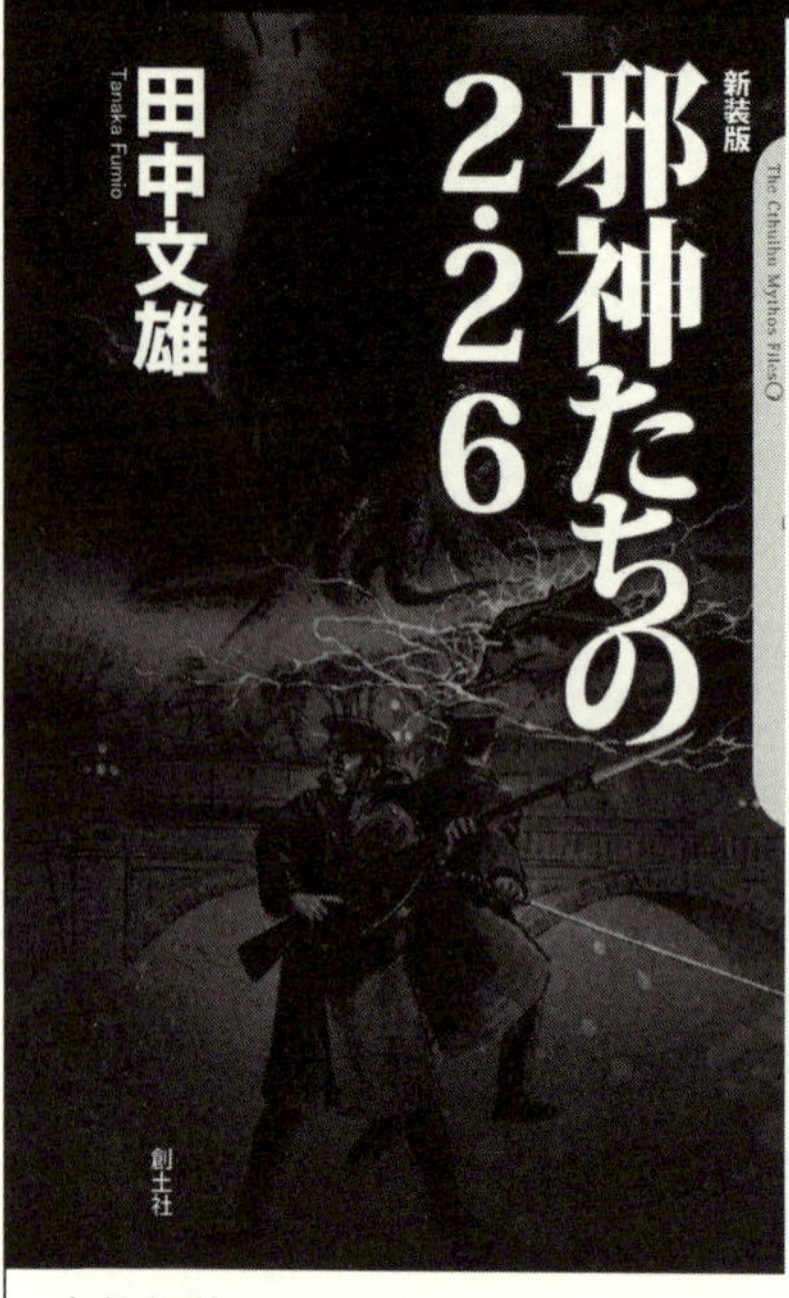

邪神たちの2・26

田中　文雄

本体価格：1000円＋税

ISBN：978-4-7988-3007-0

版 型：ノベルズ

内容紹介：

「皇国に危機が迫っている！」

蝉しぐれの昼下がり、白壁輝く皇居の上に黒い雲を見たのは北 一輝、ただ一人であった……。

大日本帝国陸軍将校、海江田清一は、九頭竜川上流の故郷で父の遺品を発見する。そこには船乗りだった父の、インスマスの町で体験した怪異が綴られた遺書と、ハワードという友人からの手紙が隠されていた。

クトゥルー・ミュトス・ファイルズ
The Cthulhu Mythos Files

戦艦大和　海魔砲撃

2014年7月1日　第1刷

著者

田中文雄×菊地 秀行

発行人

酒井 武史

発行所　株式会社　創土社
〒165-0031　東京都中野区上鷺宮5-18-3
電話 03-3970-2669　FAX 03-3825-8714
http://www.soudosha.jp

印刷　株式会社シナノ
ISBN978-4-7988-3016-2　C0293
定価はカバーに印刷してあります。

クトゥルー・ミュトス・ファイルズ

The Cthulhu Mythos Files

近刊予告

『クトゥルフ少女戦隊』

山田 正紀

5億4000万年まえ、突如として生物の「門」がすべて出そろうカンブリア爆発が起こった。このときに先行するおびただしい生物の可能性が、発現されることなく進化の途上から消えていった。

これはじつは超遺伝子「メタ・ゲノム」が遺伝子配列そのものに進化圧を加える壊滅的なメタ進化なのだった。いままたそのメタ進化が起ころうとしている。怪物遺伝子《ジーン・クトゥルフ》が表現されようとしている。おびただしいクトゥルフが表現されようとしている。この怪物遺伝子をいかに抑制するか。発現したクトゥルフをいかに非発現型に遺伝子に組み換えるか？

そのミッションに招集された現行の生命体は三種、敵か味方か遺伝子改変されたゴキブリ群、進化の実験に使われた実験マウス（マウス・クリスト）、そして人間未満人間以上の四人のクトゥルフ少女たち。その名も、絶対少女、限界少女、例外少女、そして実存少女サヤキ……。クトゥルフと地球生命体代表選手の壮絶なバトルが「進化コロシアム」で開始された！

これまで誰も読んだことがないクトゥルフ神話と本格ＳＦとの奇跡のコラボ！　読み出したらやめられない、めくるめく進化戦争！